蒼山 螢

後宮の炎王

実業之日本社

実業之日本社文庫

目次

後宮の炎王 人物相関図

こく 国

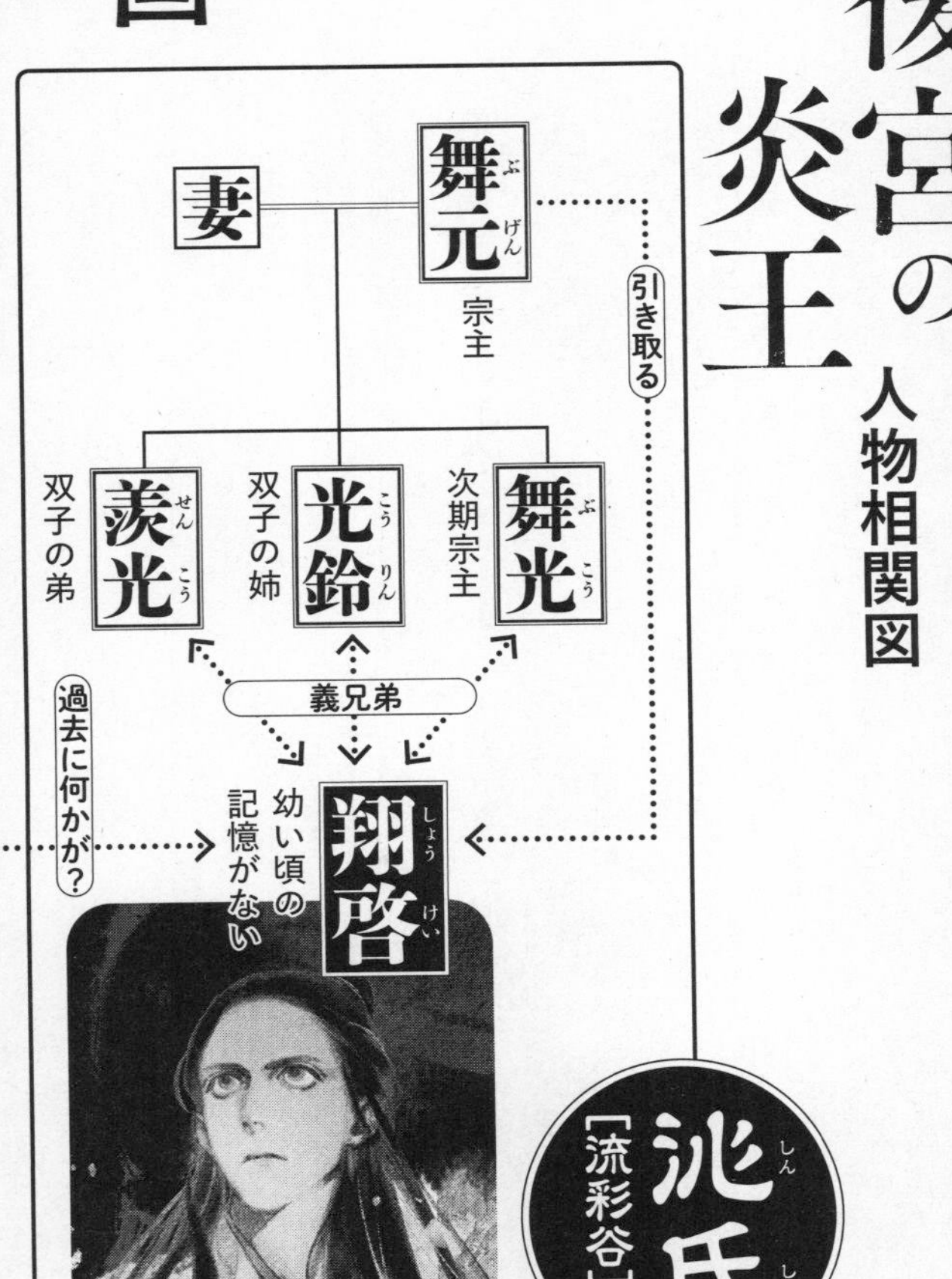

泚氏(しんし)
【流彩谷】

悠永（ゆうえい）

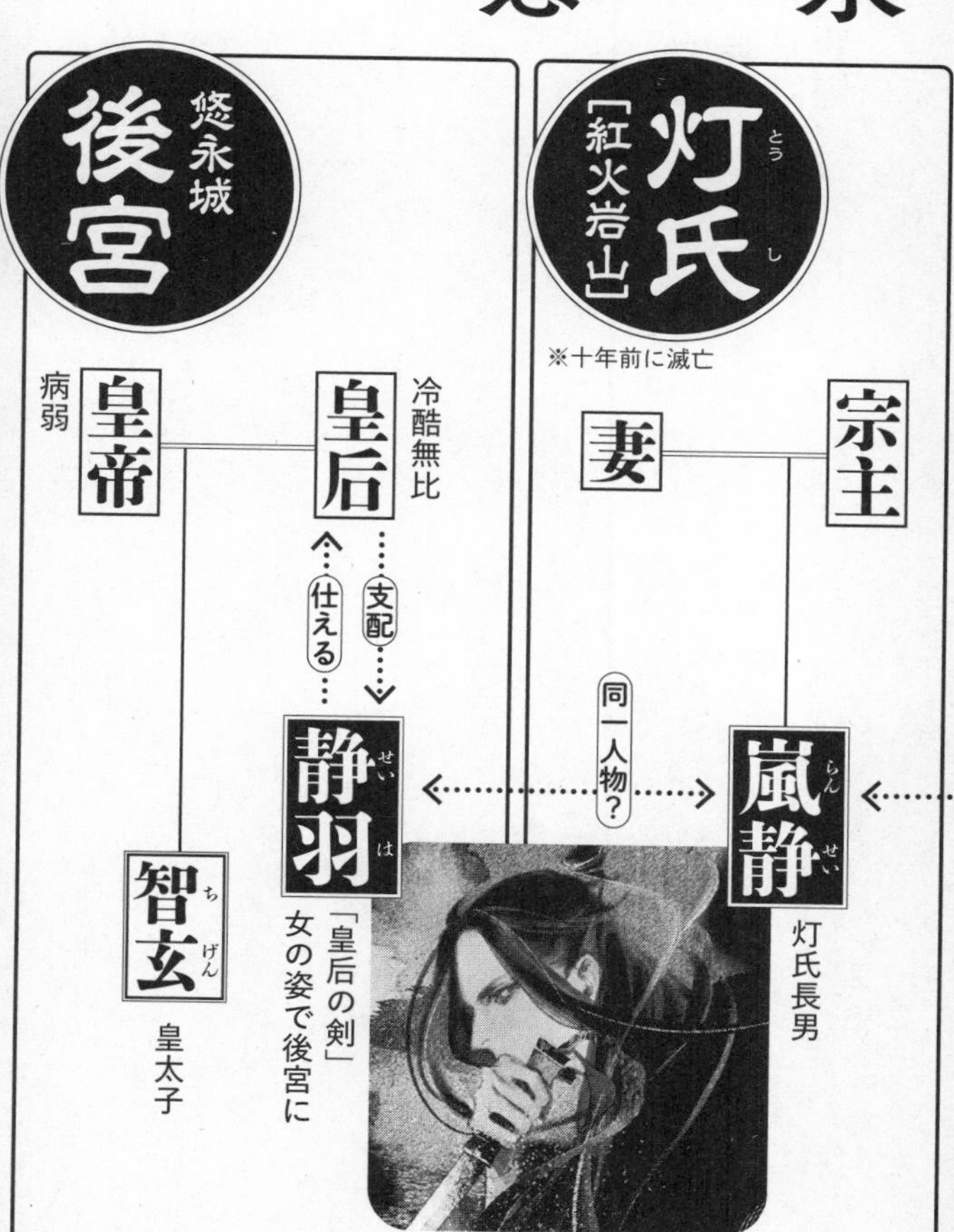

後宮
悠永城
皇帝
病弱
皇后
冷酷無比
支配
仕える
静羽（せいは）
「皇后の剣」
女の姿で後宮に
智玄（ちげん）
皇太子
灯氏（とうし）
【紅火岩山】
※十年前に滅亡
妻
宗主
同一人物？
嵐静（らんせい）
灯氏長男

第一章　皇后の剣

「俺と一緒にこないか？」

翔啓（しょうけい）の言葉に、嵐静（らんせい）は首を横に振った。

「戯言（たわごと）を……」

「本気だ。あんたを屋敷に匿（かくま）って、あとはどうにでもなる」

そんなことができるわけがないというのに。あの頃と同じ言葉とその手で、この身を隠してくれるのか。本当に現実となるのならば、永遠に身を隠していたい。

　そう思って嵐静はふっと笑みを漏らす。

「あんたは後宮から出ようとしない。どうせ聞いたって理由は言わないんだろう？　手段はあるのに逃げようとしない」

翔啓は嵐静の手を引っ張って「おい、聞けって」と強引だ。

昔から自由で奔放、心地よく命を潤す泉みたいだ。

「もう二度と私に会いに来るな。きみのやっていることは危険すぎる」

翔啓を突き放す言葉のせいで、心には苦痛が満ちていく。

どん、と夜空に大輪の花が咲き、火の花弁が飛び散る。その明るさが友の表情を浮かびあがらせていた。

悲しみと絶望の火に焼かれていた嵐静を救いあげてくれた、懐かしい友。

悠永国後宮の秋祭りは毎年豪華だ。秋の恵みに感謝し、歌や踊りを楽しみ、終盤では花火があがる。あの花火のあいだだけ、心は昔へ帰り自由だった。終われば再び暗闇がやってくる。

煌びやかな園の底に、嵐静は身を潜めている。

「皇后を殺してでも逃げられるはずなのに」

「やめろ」

いいから帰れ、と翔啓の手を引く。言うことを聞いて貰わなければ困るのだ。

「こっち見ろってば！　あんたの帰る場所はここか？　違うんだろ？」

「私の帰る場所はここだ。ほかにはない。きみには理解できないだろうし、心配も無用だ」

身を案じてもらわなくてもかまわない。

彼は繋いでいる指に渾身の力を込めており、痛いぐらいだ。まるで迷子の小さな子供だ。

心配しなくてもいい。大丈夫だ。私が逃がしてやる。

どん、と花火があがった。花火の明るさは翔啓の真っ直ぐな瞳を照らし出す。どん、どん。花火は何発も夜空に咲き、散り乱れて光を散らす。

「あんた……誰なんだ。なにを知っている？」

私は誰なのだろう。

とっくの昔に、かつての自分がどんな暮らしをしていたかなど忘れてしまった。けれど、翔啓との再会で少しずつ自分が再生していくのを感じてしまう。

「俺のなんなの？」

どん、どん。また花火が打ちあがる。翔啓の唇が動いたが、花火の音でよく聞こえない。聞こえないならば、なにを伝えてもいいだろう。

「きみの友だ」

翔啓は震える指でなにかを確かめるように、この頰に触れてくる。この命はその手に助けられた。ずっと忘れたことはなかった。

「なに？　よく聞こえないよ！」

「はじめて出会ったときも花火があがっていた」

もうその思い出も、笑いあったことも短いあいだともに暮らしたことも、なにもかも覚えていないだろうけれど。

「私の願いは、たった一人の友の命。それが私の心の在処だった」

誰にも話したことはなかった。伝えたい相手は目の前にいるけれど、その胸には届かない。それでもかまわなかった。

「私がここにいるかぎり、私の唯一の友は健やかでいられる」

「唯一の友？　誰のことなの？」

嵐静のやってきたことは無駄ではなかった。姿を偽り名も剝ぎ取り、亡霊のようにしていたとしても、それでもよかったのだ。

「私は生きていてよかった」

嵐静は笑ってみせた。ここに来てから、こんな風に笑ったことがあっただろうか。

「翔啓、再び会えてよかった」

彼もなにか言っているけれど、花火の音で耳に届かない。

普通の青年として自由に生きられた未来があったなら、ふたりはずっと友としていられたのだろうか。

花火は打ちあがり、刹那に光って消える。

そのたびにかつての思い出がこの心に蘇る。

＊　＊　＊

翔啓は昨夜、自室から星空を眺めながらひとり酒をしていた。双子の光鈴と羨光が菓子を持ってきたので、酌をしてもらいながら話をしていたのだが、つい飲み過ぎたようだ。清々しい寝起きとはいいがたい。できることならもう一度眠りたい。しかし、寝坊ばかりしていると兄の舞光に怒られる。

縁側に寝転がっていたところまで覚えている。どうしてきちんと寝間着姿で寝台にいるのだろうか。卓に散らばっていた酒のつまみなども片づけられている。

顔を洗い、寝間着を脱ぐ。鏡に映る自分の姿の、ある一部をじっと見て指を這わす。

翔啓の右胸には大きな傷がある。ただ、この傷がなぜあるのか知らない。物心つく前になにかしら怪我をしたのだろうと思うが、覚えていない。さもなければ、生まれつきだ。幼いときに両親が流行り病で亡くなっている翔啓には、過去を知るすべがない。この傷が生まれつきだと思えば、顔も覚えていない両親がここにいるようで愛おしく感じる。

茶壺を振ってみたらいくらか飲み残しが入っている。直接口をつけて流し込むと、渋くてしかたがない。思わず顔をしかめるが、その渋さが酒の残る体に染みわたっていくらか気分がよくなった。二日酔いを払うように再び渋い茶を飲む。

髪を整え、藍色の衣に朱色の帯を着け、身支度を終えたところで部屋を出た。

「翔啓兄！」

元気な声に呼ばれて振り向く。

「光鈴、羨光。おはよう」

「おはようございます！」

太陽のように眩しい笑顔の双子が駆け寄ってくる。

「昨夜はすまなかったな」

「翔啓兄、縁側で眠っちゃうんだもの。風邪ひきませんでした？」

「うん。平気だ。着替えさせて寝台に運んでくれたんだろ？　ありがとう」

光鈴の頰を撫でてやると、真っ赤になってうつむいてしまった。

「どうした」

「なんでもないです！」

隣の羨光が「運ぶの大変でしたよ」と頰を膨らませている。

「そうそう。僕が寝間着を着せようとすると翔啓兄ったらやだやだ〜って駄々こねて。図体ばかりでっかくてまるで子供みたい」

「美貌で知られる沁翔啓しか知らない人々に見せてあげたいわよねー」

「ねー」

「ねーじゃないよ。……お前たち、それ黙ってろよ」

翔啓は双子の顔の前に人差し指を立てる。酔ってしでかした醜態を広められても困る。

「……蘭亭の月餅を五個ずつでどうだ」

「手を打ちましょう」

声が揃ったところで契約成立。翔啓が歩き出すと双子も一緒について来た。

遠目には兄弟にみえるが、光鈴が姉。もう少し流行りの華やかな衣で着飾ってもよいのに、興味がないという。質素だが綺麗な桃色翡翠の耳飾りがよく似合う。弟の羨光といえばまだ線が細く、光鈴と体格がさほど変わらない。ふたりともお揃いの水色の衣を纏っており、まるで子犬が二匹いるようだ。思わず撫でくりまわしたくなる。

「舞光は部屋か？」

「兄上は朝餉のあと、父上とお話をされていますよ」

「じゃあ終わってからでいいか。あとで挨拶しにいく」

ああ、茶が飲みたい。

爽快とはいい難い気分とは裏腹に、今日はいい天気だった。風が中庭に咲く金木犀の香りに染まっている。深呼吸をしていたら、羨光が問いかけてきた。

「翔啓兄、今日はどこか出かけるんですか？」

「そんな予定ないけど」

「兄上は急な外出の予定があるんです。翔啓はまだ寝ているのかって探していましたから、ご一緒するのかと思ったの」

光鈴が首を傾げた。

約束はしていないはずだったが。探されているならば舞光のところへ早めに顔を出したほうがよさそうだ。翔啓は舞光の部屋へと急いだ。

宗主との話が終われば戻ってくるだろう。翔啓は部屋の前までくると、壁に寄りかかり中庭を眺めた。

欠伸がでる。天気はいいがとにかく眠い。

今日は朝餉を済ませたら、調べものがあるとでもいって部屋に籠ろうか。頭の重苦しさが抜けるまで眠っていたい。舞光はどこかへ出かけるらしいが、一緒にこいと言われたら適当にかわして逃げるまでだ。

策を練っていると「翔啓」と呼ばれる。舞光の声だ。

屋敷の廊下をこちらへ向かって歩いてくる。眉目秀麗、光り輝くような容姿で心優しく誰もが慕う沁氏の若君。今朝はまた若葉色の衣がよく似合う。

なんだか難しい顔をしているが。

俺、なにかやらかしたっけ？　舞光は怒らせると怖いんだ。

「翔啓、支度をしなさい。これから一緒に悠永城へ参内する」

行先と、一緒にと言われたことに驚く。

「宗主と舞光で行くんじゃないの？」

「父上がそうしろと。もちろん私も異論はない」

宗主の舞元（ぶげん）は昔かかった流行り病の後遺症を患っていて、無理がきついと数年前から沁氏の中心を舞光に任せている。宗主の実子ではない翔啓を同行させるなんて、いままで一度もなかったことなのに。

「どうしてまた」

「……どうした。お前は沁氏の者なのだから、堂々としていればいいではないか」

「だ、だけど。俺は表には出ないから」

「翔啓、お前は俺の弟だ。分家の生まれでも、共に育ったのだから」

たしかにそうだ。

もちろん虐げられていたわけではない。じゅうぶんよくしてもらってきた。厳しくされてもそれは沁氏にいる限りあたり前のことで、特別な疎外感があったわけでもない。ただ、兄弟のように育ったといってもやはり翔啓だけは血の繋がりがない。彼らの後ろで、力になれればいいと思っていただけだ。わかっているから出しゃばりたくもないし、そもそもそういう場に出たいと思わなかった。

「……どうしても一緒に？」

「そうだ。もしやなにか外せない用事でもあったのか？」

そういうことじゃないんだけれどな。返答に困っていると、舞光は仕方なそうにため息をついた。

「翔啓の性格的に、縛られたくないのはわかる。でも、これからは一緒に沁氏の者として私と共にいてほしいんだ」

「舞光、そんな顔をしないでくれよ。弱ったな」

まさかこんな重要な外出だとは。二日酔いを理由に部屋で寝ているなどできない。

「わかった。護衛として舞光にお供します」

部屋で再び寝転がることは諦めた。舞光の願いを無視するわけにはいかない。

「護衛されるほど弱くないつもりだが」

「わかってるって……そう理由付けしないと俺が落ち着かないだけだよ」

「沁氏で一番武芸が達者なのは翔啓だと認めているよ。じゃあ守ってくれるか」

褒めて懐柔しようとしているとわかっていても、舞光の言葉が嬉(うれ)しくつい頬を緩めてしまう。

「……しかし、ずいぶん急な呼び出しだね。少し前に薬草も献上したばかりじゃないか？」

「そうなんだが、皇后陛下直々の命だそうだ。皇太子殿下の具合がまた悪いらしく、新鮮な瑠璃泉(るりせん)を所望されている」

十歳になったばかりの悠永国の皇太子はよく体調をくずす。正直、またなのかという思いもあった。

「瑠璃泉は汲(く)んでから二年は腐らないのに。足りなくなったのかな？」

「どうしても汲みたてを飲ませたいらしい。すでに五かめ汲んできてもらって、もう馬車に積んであるから」

「わかった。俺、急いで支度してくる」

「私は先に門へ行っているから」

勢いよく舞光の部屋を出ると、翔啓は自室へ戻って急いで外出用の身支度を済ませた。屋敷の門へ走り、馬車に飛び乗った。もう一台の荷馬車には瑠璃泉を汲んだかめが積んであるという。

「お待たせ、舞光」

「翔啓、ちょっとこっちを向きなさい」

先に座っていた舞光が衣の襟を正してくれる。

「急いでいたから。おかしいかな」

「おかしくはない。上等だ……お前にも使用人をつけると言っているのに」

「いらないよ。俺は自分のことは自分でする。そのほうが身軽でいい」

「それも翔啓らしい」

翔啓は背筋を伸ばした。身軽はいいとして、沁氏の者として、舞光に恥をかかせるわけにはいかない。

見送りの双子に手を振る。土産を買って帰らなければ。

沁氏の領地である流彩谷（りゅうさいこく）は悠永国で一番の名水、瑠璃泉を有する。

泉が美しい瑠璃色をしていることからその名がついた。一年中冷泉が湧き、水は汲んでおいても二年は腐らず冷たいまま。その水は青龍（せいりゅう）がこぼした涙であると言い伝えられている。

瑠璃泉は岩場に囲まれ、沁氏の者以外は立ち入ることができない。許可なく足を踏み入れてはならない。瑠璃泉の岩場に生育する植物は薬草となる。木の実や果実も、普通に育てられたものより貴重で高価とされる。

沁氏は代々この瑠璃泉をすべての不浄から守ること数百年、瑠璃泉の守りの民として栄えてきた。

現在の皇帝も瑠璃泉を飲み育った。もともと病弱で、長くは生きられないと言われていたとか。先帝が病で亡くなり、二十五歳で帝位を継いだ。数年後、皇帝は後宮の女子とのあいだに男子をひとりもうける。この女子が現在の皇后、子が皇太子だ。

皇帝に似たのか十歳になる皇太子もまた病弱で、ますます沁氏に求められることが多くなった。

ごつ、と頭をぶつけた拍子に目が覚めた。

「……いて」

「大丈夫か、翔啓」

「……ごめん、寝ていた」

「私の護衛をしてくれるんじゃなかったのか」

「眠りながら舞光を守ってたんだよ」

「器用だな。ありがとう」

舞光は笑っている。少し眠ったからか、今朝の重苦しい感じはいくらか良くなった。

物見窓を開けてみると、沁氏の馬車は露店が並ぶ大通りをゆっくりと走っていた。人が多く、泉に草花の家紋を見て馬車を指をさしている者がいる。

「洋陸(ようりく)に着いたところだ」

「なんだか甘い匂いがする」

翔啓がクンクンと鼻を鳴らすと、舞光が膝に載せていた包みを指さした。

「これだね」

「なに？」

「さっき悠永城御用達の菓子屋で胡桃餡(くるみあん)の菓子を買った。皇太子殿下へね」

「起こしてくれればよかったのに！」

「召しあがるかわからないが、腹の具合がよくなれば甘いものが欲しくなるかもしれないから。光鈴と羨光への土産もあるから安心しなさい」

洋陸に入ったということは悠永城も近い。半日も馬車に揺られていたので尻が痛い。

「早く馬車から降りたい……」

「これから何度も来ることになるかもしれない。慣れなさい」

これが続くなんて。年に一度ならばいいかもしれない。翔啓はため息をついた。

更に馬車はひた走る。翔啓が再び居眠りをはじめたとき、馬車が止まった。

「到着しました」

御者の声が聞こえ、馬車の扉が開かれる。いつの間にか悠永城の敷地を囲む塀の内側に入ってきていたらしい。

「俺、はじめて悠永城に来たというのに門の外も壁も見ていない。なんか流彩谷の麓の街に来たのとさほど変わらない感じだ」

「東門から入ったところだよ。起こせばよかったか。そんなに壁が見たかったのか？」

壁に興味があったわけではないけれど、なかなか入ることができない場所だ。第一歩目から見てみたかったのだ。

「まぁ、寝ていた俺が悪いよね」

通って来たという東門は遠くに見え、見張兵の姿も豆粒にしか見えなかった。

「警備の兵が多いんだな。どうして東から入ったんだ？」

「東門が一番後宮に近いからだ」

「ああ……皇后陛下に呼びつけられたんだった」

「翔啓、いけないよ。言葉に気をつけなさい」

舞光に窘められ、翔啓は肩をすくめた。

「皇太子殿下は皇后陛下のところにおられるのだろう。私達は皇后陛下にお目通りするわけではない。侍医殿の崔侍医長に会い、瑠璃泉のかめを置いてくるだけだ」

「ふうん」

同行の従者がひとりひとつかめを持ち、舞光と翔啓のうしろに並ぶ。皆、かめを落とさないように緊張した面持ちだ。「侍医殿」と名が掲げられた大きな建物がまるで見下ろしているように思えてくる。入口へ幅の広い階段が続いており、ひとりの老人が降りてくる。舞光が老人に挨拶をしているから、本日の相手なのだろう。老人はゆったりとした動作で翔啓たちの前に立った。灰色の衣を着て背が低く、瞼を閉じているのかと思うぐらい目が細い。そのせいか穏やかな表情の石像といった雰囲気だ。白髪を束ね、白くなったあごひげを生やしている。

「沁氏の若君」

「崔殿、お申しつけどおり瑠璃泉を五かめお持ちしました」

「舞光殿。ご足労おかけしました。……こちらのお方は？」

「義弟の沁翔啓です」

急に紹介されたので、慌てて翔啓は居住まいを正した。

「翔啓です。崔殿、以後お見知りおきを」

「ほう、沁氏にこのような麗しい若君がもうひとりいらしたとは」

褒められて嬉しかったが、なんだか値踏みをされているような視線が気になる。

「舞光殿、どうぞこちらへ」

崔と呼ばれた爺（じい）さんのあとを舞光がついて行き、翔啓はそれを追いかけた。

「なぁ、兄上」

「どうした？」

「その、あの爺さんとの話は長いのか？」

「侍医長の崔殿だ。爺さんではない。そうだな……すぐは帰れない。お前はせっかちでいけないよ」

「日が落ちる前にはここを出るよな？」

「皇太子殿下のご様子に合う薬草のことも聞かれるし、種類によっては流彩谷に帰ってから調合をしないと……おい、翔啓。聞いているのか？」

「はぁい。俺は薬草の見識には乏しいからな。黙ってそばにいるよ」

大人しくしていなければいけないわけだが、確実に退屈しそうだ。

侍医殿に入ると、大きな机に瑠璃泉のかめが並べられる。崔侍医長と同じ灰色の衣の男たちが封をしたかめの蓋を開けて中を確認している。

「俺、ここで舞光の話が終わるのを待つ」

翔啓がそう言うと、舞光は頷いた。

舞光は崔侍医長に衝立の奥へ促されていき、卓を挟んでふたりは座ったようだった。「皇太子殿下のご様子は」「くだり腹」などと話しているのが聞こえてくる。

「喉が渇いたなぁ」

瑠璃泉を飲むわけにいかないか。かといって茶があるわけでもなさそう。灰色の男たちが忙しそうに歩きまわるのを見ていると、なんだか息が詰まりそうだ。

「腹も減った……」

胡桃餡の菓子の匂いが思い出されて、余計に腹が鳴る。

衝立のほうにちらりと目をやってから、翔啓は侍医殿を出た。誰も気にしてない様子で、あとを追ってくる者はいなかった。

もうひとりの沁氏の若君、か。

舞光と違って顔も知られていないのだから、使用人のひとりと思われていたほうが好都合だった。

東門は皇后がいる後宮に一番近い。舞光の言葉を思い出し、翔啓は馬車が来た道を振り返った。侍医殿が悠永城の東側に位置することはわかった。ということは、あの高い壁の向こうに女子の園、後宮があるということだ。

昔から、一族より後宮に女子を出すのが名誉とされた。沁氏出身の女子もいたはずだ。もちろん女子は希望して後宮入りをするが、気の毒になかには意に添わない者もいただろう。

東の雷(らい)、西の崔、南の白(はく)、北の沁という四氏は特に歴史も古く、皇后や皇帝の嫡子を産んだ妃が出ている。いまの皇后はたしか白氏出身ではなかったか。ほかに小さいながらも名家がたくさんあるが、基本的には目立った勢力争いもなく、悠永国の均衡は保たれている。これから新たな力を持つ少数一門も出てくるだろう。

翔啓としては勢力争いだの後宮入りの女子だの、そんなことに興味はない。ただ、あの壁の向こうを、ちょっとだけ覗いてみたくなる。

侍医殿の階段を再び登って、背伸びをしてみる。とはいえ壁の向こうを望めるほどの高さはない。当たり前か。低かったら簡単に入られてしまう。翔啓は少し考えてから、あたりを見まわして誰もいないことを確認し、侍医殿の屋根に飛び乗った。侍医殿に隣接し通路で繋がった建物があり、城壁に近い位置に建っている。そちらの屋根に飛び移る。ふと下を見たそのとき、侍医殿の陰から城壁に向かって人が走り去るのが見えた。着ている衣からして官吏だろう。あたりを気にしてこそこそとした足取りで、壁伝いに歩いている。

なにをしているのだろうか。建物の裏手に入っていく。このままでは見失ってしまうので、翔啓は屋根から飛び降り、侍医殿の隣の建物と城壁のあいだに向かった。ここを通ったはずだけれど……誰もいない。

背後でかすかになにかが擦れる音がした。城壁と建物の壁を交互に見ていくと、城壁に使用されている石に隙間を見つけた。指一本入るかどうかのもので、翔啓は無理やり指を二本入れてみる。すると石が横にずれて隙間は腕が入るほど広がった。中を覗くと、人がひとり通れるような狭い通路になっていた。

「なんだここ、通れるのか？」

石造りの壁の中に通路があるということか。明かりはないけれど、壁の隙間から採光をしている仕組みのようで、なんとか足元が見える。ただ、夜は困るだろうな。

さっきの男はここに入っていったと思われる。

なんだかおもしろそう。これは放っておけないぞ。

ふと舞光の顔が浮かんだが、まぁ、すぐに戻ればいい。どっちみち話はすぐ終わらないようだし。

勝手に散策して叱られるかもしれないことより、目の前の興味のほうが先だった。

翔啓は通路に足を踏み入れた。足音を立てないようしばらく進むと、通路が右に折れる。覗いてみると、いた。あの官吏だ。奥まで進むのを見届けてから翔啓も通路を進んだ。男はまた右に折れて進む。どうやら突き当りで通路が左右にわかれているようだ。追いかけようと足を出したときだった。

男を追うように、左からもうひとり、人が歩いていった。

「女……？」

ひとつに束ねた長い黒髪が馬の尾のようになびき、黒衣（こくい）姿。もしかして、この通路は後宮へ続いていたりして？

翔啓はにやりと笑って、ふたりのことを追った。

通路の角から覗くと女子の後ろ姿が見えた。その先に男の背中。男はうしろに女子がいることに気がついていないのだろうか。振り向くこともしない。なにか気配を感じ取ったのか、女子が立ち止まる。たまたま明り取りの隙間が彼女の顔の位置にあり、横顔が見えた。

翔啓は目を見張る。女子が顔の上半分を隠す仮面をつけていたからだ。宮女でもないしましてや妃でもないのなら、武官に女子でもいるのか。彼女はじっとあたりの様子を窺っていたが、衣の裾を翻してまた走り出した。

あとを追っていると、壁の一部の石がずれて半分ほど開いている。官吏と女子の姿はない。あそこから外に出たのだろうか。翔啓はその隙間に近づいて、そっと顔を出してみた。目の前に木々が生えていて、ここは死角になっているようだ。その木々のあいだから秋桜が咲き誇る庭園が見える。茶でも飲んでおしゃべりに興じているのか、どこからか女子たちの笑い声も聞こえてくる。

なんだ、ここは天国だろうか。ふらふらと歩き出しそうになる。もしかして、通って来たのは後宮への隠し通路か？　侍医殿の裏手にこんなものがあるなんて。

あの官吏、後宮の女子と通じているのかもしれない。

皇帝の後宮に入り込むなんて、死と隣り合わせじゃないか……それはここにいる俺も同じだけれどな。

緊張と興奮が入り混じり、心が膨れあがりそうだ。こんな気持ちになるのも久しぶりだ。

その時だ。鼻先すれすれを光るものが走った。

「わわっ」

剣だ。首を引っ込めるのが遅れたら鼻を切り落とされるところだ。扉が開かれ、目の前にさっきの官吏が立っていた。

「貴様はなんだ！　俺のあとをつけやがって」

「あ、こ、こんにちは……」

笑顔で手を振ってみたら、官吏はますます怒りをあらわにする。鼻息が荒い。どうやら逆効果だ。

「悠永城の者じゃないな?!」

「そうなんです。よくわかりますね！　なんか楽しそうだったんでついてきちゃったんですよね」

「なんてことをしてくれた。見つかったらあいつに殺される……っ」

「あいつ……って、うわっ」

官吏は剣を振りまわす。護身用に佩いていたのか、物騒なことだ。悠永城では武官以外は剣を佩かないのではないのか？　しかしその剣をまったく使えていない。怯えているためなのか、剣術が得意でないのか。どっちにしても翔啓には傷ひとつつけられない。

「下手くそだなー。そんな闇雲に振りまわしたって斬れないよ」

「うるさいっ！　死ねっ」

剣の軌道を避け続けながら、どうしたものかと考える。ねじ伏せるのは簡単だろうが、騒がれても、怪我をさせて問題になるのも困る。

悠永城になんかくるんじゃなかった。

後悔しはじめたときだった。後ろにさがったときに木の根に足を取られ、尻もちをついてしまった。暗い笑みを浮かべた官吏が、短剣を構えてこちらへ走り込んでくる。

舞光に指摘されたことがある。

お前はね、翔啓。大らかさから自分に余裕がある。でも、その余裕に慢心をおこしてはいけないよ。相手の渾身の剣によっていつか怪我をする、と。

よけなければ、と立ちあがろうとした。すると突然、目の前に何者かが割って入ってきた。

「え……」

一緒に追っていた仮面の女子だ。

「ひ、ひぃっ！　あんた！」

悲鳴の途中で、女子は低い姿勢から官吏の首めがけて拳を突き出す。すると、官吏の動きが止まる。白目をむいた官吏は声も出さずに頽(くずお)れた。

「きみ……」

助けてくれたのか。どこからか一部始終を見ていたのだろう。急いで立ちあがって、官吏のもとへ近寄った。喉に飛刀が突き刺さっている。

「あ、ありがとう。助かったよ」

無言で立っている女子を振り返ると、こちらに背を向けている。

「でも、こいつ殺しちゃったの？　まぁこれじゃ生きてないよな……ねぇ。ここ、後宮だよな？」

話しかけても彼女からの返事はない。

「ねぇ、無視しないで」

ねぇってば、と声をかけても反応がない。聞こえないのか？

「この死体どうするの？　悠永城もここも、なんて物騒なんだよ」

官吏の死体を見おろしていると、女子にいきなり右腕をつかまれて強い力で捻(ひね)りあげられた。

「うわっ」

後ろ手を取られ、そばに生えている大きな木に体を押しつけられる。

また襲われるのかよ。なんなんだ、今日はいったい。

「お前は悠永城の者ではない。後宮に無断で立ち入れば死罪。こいつもお前もだ」

女子は囁(ささや)く。女子にしては少々低めで、冷たい声だ。すっと背筋が寒くなる。声がすぐ耳元で聞こえることから、女子にしては背が高いとわかる。

そういえば、いつだったか双子が話していたな。

後宮には、皇后の剣と呼ばれる女子がいるんですって。仮面で顔を隠し、瞳は炎のように赤く、死神だとも醜い鬼だとも噂(うわさ)されているの。

もしかして、こいつがそうなのか？

「お前が我々のあとをつけているのはわかっていた」

振り向こうとしたら今度は首を押さえつけられた。すごい力だ。

「く、苦し……」

「こっちを見るな」

「ちょ、ちょっと待って。いやいや、助けてくれたんじゃないわけっ？　なんで俺も襲われてんの？」

「お前も始末する」

　皇后の剣だの鬼だのって言われるってことは、後宮専用の用心棒かなにかなのか？　体格も男と変わらず力も強い。押し殺したような抑揚のない喋(しゃべ)り方はここでの生活で身についたものなのか。

「きみみたいなのを飼っているのか、後宮は。すごいね！」

「黙れ。死ね」

　首にひやりとしたものが当たる。本気か。こんなところで殺されてたまるか。

「褒めたんだってば！」

「その口きけぬようにしてやる」

「やられるわけにはいかないよ。兄とかわいいふたごの妹弟が待っているんでね！」

　翔啓はつかまれている腕を女子へ押しつけ、彼女とのあいだに隙間を作ると、体を屈めた。女子の手が離れる。舌打ちが聞こえ、女子は腰帯から両手に短剣を取りだした。二刀流か。その剣は翔啓の頬をかすめる。チリッと痛みが走った。

「いってぇ、本当に斬るわけ?!」

頭に来て、短剣を持つ女子の右手首をつかむ。短剣を落とすと、拾おうとしたので遠くへ蹴とばした。立ちあがった女子に正拳突きを繰り出すと、受け止められる。強い。止められたその手を軸にして女子の脇をくぐると、腕を取って彼女の体を木に押しつけた。

今度はこっちが優勢だぞ。一応は沁氏でいちばん剣術に長けていると言われているんだ。体格がいいとはいえ女子に負けてたまるか。

「……くっ」

「だからさ、たしかに無断で侵入したけれどさ。見逃してくれない？」

なんとかここは示談にしたい。

「後宮に迷い込んで消されて腐って蛆わいて、土の養分になるのはごめんなんだけど」

「迷い込んだんじゃなく、忍び込んできたのだろう」

「どっちでもいいよ！　俺はふかふかの布団で、好いた相手の腕の中で死にたい」

酒も飲みたいしうまいもんも食べたい。こんなところで命尽きてたまるか。

見逃してくれないなら力の限り逃げるしかない。なんとしても舞光のところへ戻らねば。

「待って待って！　落ち着いてよ、かわいこちゃん。ここで殺されるわけにいかないんでね。でも、きみに怪我をさせたくないし、戦いたくもない。女子には優しくしなくちゃね」

「は、放せ」

「そう簡単には放さないよ。俺のこと襲ったんだぞ」

「お前が悪い」

「俺ね、悠永城へは仕事で来たんだ。さっきからきみ、きちんと喋らないよね。喉を傷めているのか？」

女子はすらりと背が高く、隠すように首にも黒い布を巻いている。髪も肌も美しい。馬鹿力なのと口が悪いのが玉に瑕だろうか。銀細工の仮面のしたにどんな顔が隠れているのか、見てみたくなる。

「放せ！」

「あ、はじめまして！　俺ね、翔啓っていうんだわ」

名乗ると、女子の抵抗が止まる。おや、と思い手を緩めると女子はこちらを振り向いた。鼻先すれすれで仮面から覗く瞳と視線が合い、仮面をしていても綺麗な形とわかる目が揺らいだように見えた。たしかにちょっと赤みを帯びた瞳の色をしている。

「……翔啓……？」

人の名になにを驚いたのか、女子は目を見開いている。

「俺に負けたってことは、きみも命に関わるんじゃない？」

ちょっと脅すつもりだった。しかし、女子は蹴飛ばした短剣に向かって走ったかと思うと、拾いあげて刃を自らの首筋にあてがった。

「やめろ！」

翔啓は咄嗟に女子に飛び掛かって馬乗りになり、短剣を持つ右腕を地面に押さえつけた。こんな乱暴はしたくないのだが。

「なにやってんだよ、まったく」

握られた短剣をむしり取る。仰向けの女子は舌打ちをし、翔啓の体の下から抜け出そうとしたのでまた両足に力を込めた。女子はじたばたと抵抗していたが急に大人しくなる。

「……あれ？」

右太股(ふともも)にちょうど女子の下腹部があるのだが、なにかが当たっていることに気がついた。

「く……」

女子は悔しがって喉を鳴らしている。グルグルという音はまるで獣みたいだ。本当に喉を傷めているのだろうか。もしくはこのような役目のために声を出さずにいることが普通なのかも。

というか、この太股に当たっているものが気になる。防具か？　いや、絶対に違うしこれは体の一部。女子にあるはずがないもの。

予想どおりなら、こんなに面白いことはない。

女子の激しく上下する胸元に視線がいくが、いやこっちよりも。巻かれた布の上から首に触ってみると、手のひらに当たるもので疑念が確信に変わった。

「きみ、もしかして」

「いっ……貴様！」

馬乗りの状態で翔啓は右手を伸ばし、ぐっとつかんだ。つかんだのは股間だ。

「あ。やっぱり。あんた……男じゃないか」

確認した感触によると、どうやら去勢はされていないようだ。ということは宦官じゃない。宦官じゃないから女装をしているのか？　なんのために？

「なんか混乱する」

がっかりしたような、なんとも言えない気持ちだ。面白いことには変わりはないのだが、肌や髪が美しいだのと見惚れてしまったことを思わず笑ってしまう。

相手を覗き込もうと顔を近づけると、女子……いや男が上半身を起こして頭突きをしてきた。

「いってぇ！　なにすんだよ！」

「どけ！」

仰け反った反動で体勢を崩し、今度は逆に乗られてしまった。そう簡単には抜けられそうにない。

「わ、悪かったって……殺さないで」

「このまま息の根を止めようか」

「あ。なんだ、ちゃんと声も出せるんじゃないか。声色を変えていたんだな。すごい特技だ。その首の布、喉ぼとけを隠しているんだろう？　見えたらわかっちゃうもんな」

「うるさい、黙れ」

「……わかった。黙るから」

一本に結った長い黒髪が肩からするりと落ちてくる。その髪をつかんでぐいっと引っ張り、男の仮面に手をかける。

「その前にちょっとさ、これ取っていい？」

「や、やめ……っ」

抵抗する隙を与えずに、仮面をずらした。あらわれたのは、目を見張るほどの美貌の青年。翔啓と同じ年頃だろうか。相手は咄嗟に腕で顔を隠す。そのあいだにまた馬乗りになってやった。形勢再逆転。

「へぇ……」

ここは悠永国皇帝の後宮だぞ？　去勢していない男がなぜ皇后に仕えているのだろう。

「皇帝陛下って男色の嗜好もあるのか？」

「そんなことは断じてない。口を慎め」

「それとも皇后の愛人、とか？」

「……侮辱するのもいい加減にしろ」

どっちの反応も、嫌悪の色が見えるから違うようだ。性の相手でもないなら、どうしてこんな姿で後宮にいるのだろう。

なんなんだ、この男。

「ごめん。そういうつもりじゃない。しかし、どう見ても男なのに、仮面ひとつでこうも変わるとはな。人の思い込みって都合がよくできている」

「黙れ」

「そうキリキリするなって。なに？　女子の格好をするのがあんたの趣味とか？」

「違う！」

「個人の自由だから否定はしない。似合っているからいいんじゃないの」

「違うと言っている。うるさい……いいから、もう放せ」

男はどうやら抵抗する気をなくしたらしい。顔を腕で覆ったまま脱力して、羞恥からか耳まで真っ赤だ。もう斬りつけてきたりしないとみて、翔啓は彼の体から離れた。

「あ、ごめん。へへ……あんた、強いんだなぁ」

「強くない」

「いやいや。余程の手練れじゃないとあんたに敵(かな)わないと思うよ。動きも洗練されているしなやかさもあって、それに目もいい。俺のほうがもっと強いけれど」

「きみが私より強いなら、いま殺せばいい」

「……なに言ってんだよ。だからさぁ、そんなことしないって」

「私は負けたのだから」

会話にならない。翔啓はため息をついた。しかも、なにもかも諦めたのか、大の字に寝たまま起きあがりもしない。

「そんな殺してくださいって態度やめなって。こんなことでなにも死ぬことないだろ。俺だって殺したくはない。ほら、起きろ」

差し出した右手はあっさり払いのけられる。

「……自分で立てる」

彼はのろのろと立ちあがった。黒衣で長髪なのは同じなのに仮面がないだけで女子ではなく、たしかに男なのだ。もう殺気が感じられず指一本で倒せそうだ。

「そんなんで大丈夫なのか? さっきまであんなに強かったのに。仮面を取ると攻撃力が削られるわけ?」

「余計なお世話だ。負かした相手に手を差し伸べるな。そんなことをしても服従はしない」

「そこ拘（こだわ）らなくてもいいだろ」

「顔も見られた」

女装をしていることもな。そう返そうとしたけれど、やめた。

「いいじゃないか顔くらい」

「よくはない」

「俺ほどじゃないが、美男だし」

馬鹿にされたと思ったのか、相手は嚙（か）みつきそうなほどに睨んでくる。

「仮面を返せ」

「いやだね」

「翔啓！」

ふと、その目に心の奥を引っかくなにかを感じた。返すものかと仮面を持った手を高く挙げる。

「仮面を返せ！」

必死に取り返そうとする彼の顔がぐっと近づいて、吐息が風を生む。なんだろう、この泣きたくなるような切なさは。

「あんたの目、どこかで……いや」

赤味を帯びる彼の目にはやはり見覚えがあって、だが、なぜそう思うのかはわからない。記憶をたぐるように、すぐ目の前にある彼の瞳をじっと見た。

なんだかこんなことが前もあったような気がする。そんな風に思ったときだった。目の前に火花が飛んで、まるで頭の中に火箸を突っ込まれたような頭痛が襲ってきた。

「クソ、なんだ……？」

あまりの痛みに立っていられず、地面に膝をついてしまう。

「おい。どうした？」

「なんでもない！」

「もしかして、さっき怪我でもしたのか？」

「ちが、う」

彼の問いかけが途切れ途切れに聞こえ、頭痛だけでなく吐き気までしてくる。

「あ、頭が……急に。割れるようだ」

「頭？　頭が痛いのか。おい、しっかりしろ、翔啓」

頭の中にある火箸が捩(ね)じられ痛みが増す。なんだ、なぜ彼に名を呼ばれると酷(ひど)くなるんだ。食いしばりながら、彼を見あげる。心配そうに翔啓を見つめ、その瞳がまるで脳内を引っ掻きまわしているようだ。薄い膜に覆われたなにかを無理矢理に引っ張りだすような、暴力的な衝動が体の内で爆発する。

「誰……？」

思わず彼にしがみつく。頭痛が酷くなるがその瞳を逸らすことができない。どうしてだろう。この人は誰なんだろう。

「なぜそんな目をして俺を見るんだ。あんた、誰だ」

誰なんだ？　それに、なぜこんなにも胸が痛いんだ。

前の前が真っ暗になったところまでは覚えている。

目が覚めると、なにかにもたれかかっているようで背中が温かかった。木陰にいて爽やかな風が頬を撫でていく。なにがあったのだっけと記憶をたどっていると、仮面が覗き込んできて、驚いて体を起こす。

「気がついたか」

「えっ？　俺……どうして。あんた……」

どうやら仮面の彼の腕の中にいるようで、目が覚めるまで抱えてくれていたらしい。

「あまり急に動かないほうがいい。頭が痛いといって気を失った。だいぶ酷かったようだ」

たしかにそうだった。しかしいまはあの割れそうな痛みも嘘のように引いている。

「もう……大丈夫みたいだ。いまはなんともない」

「そうか。熱でもあるのか？　頭を打ったりしたのか？」

彼は翔啓の額に手を当ててくる。大きい掌は、ひんやりとした感触で視界までも塞いだ。

「見えない」

「あ……すまない」

「ただの頭痛だ。もう大丈夫。すまなかった」

彼から体を離し、あたりを見まわす。どこか別な場所に移動してきたのだろうか。戻らなければいけないのに意識を失って倒れるなんて。

「急に倒れてしまって参った。放置するわけにもいかないから、建物の陰に連れてきただけだ」

「俺、どれだけ意識を失っていた？」

「ほんの少しのあいだだ」

倒れる前のことがうまく思い出せない。官吏を追って隠し通路に入り、その先で出会った仮面の女子が女子じゃなくて。

「……殺さなかったのか」

仮面の彼は首を横に振る。倒れているあいだに首を掻き斬ることもできたのに。

翔啓は立ちあがると手の指を弾いたり膝を曲げ伸ばしたりと動かしてみた。どこも異常はないようだった。

意識を失うほどの頭痛なんて、生まれてはじめてだ。

「体調でも悪かったんじゃないのか？　ここまでの道中、体を冷やしてしまったとか」

そうだったろうかと思い出そうとしても、やはりうまくいかない。なんだかまた頭痛が襲ってきそうで怖い。

「まだ痛むのか？」

額に手を当てた翔啓を、覗き込む彼。

「ねぇ、あんたどこかで会ったことある？」

「いや。ない」

「そうか……そうだよな」

「私はきみのことをまったく知らないが」

「たしかにな。俺も後宮で女装をする用心棒の知り合いなんかいないし」

「貴様」

この怒った顔に見覚えがあるような気がするのもきっと勘違いだ。

「なにかの勘違いだ。ごめん。変なことを言って」

謝ると、鼻で笑われる。

「他人の空似だろう？　きみはそのように女子も口説くのだろうな。ここでそんなことをしたら即刻舌を切られて地下牢(ろう)だ」

「いや、しないってば……もう怖いのは嫌だよ。ああ、でもあれかな、俺を取り逃がすとあんたにお咎(とが)めあるのかな？」

そう聞くと、仮面の彼はこっちをじっと見て首を傾げる。

「あんたの顔を見ちゃったし」

「そうだ。助けなければよかった」

「ちょっと待って、いまそれ思い出したわけ？　殺しておけばよかったって？　優しい奴(やつ)だなって思ってたのに」

「負けて顔も見られた。責任を取る」

さっき奪ったはずの短剣をまた手にしている。翔啓は素早くそれを叩き落とす。

「あ、責任って俺への責任じゃなくって自分の使命ね！」

「ほかになにがある。自惚れるな」

「だからぁ、やめなって。なんの責任だよ。そんなことしてなんになる？」

忘れていた「負けた」ということが急激に思い出されてしまったのだろうか。忘れたままでよかったのに。

「俺が目を覚ますのがちょっと遅かったら、隣にあんたの死体が転がってたかもしれないな。よかったわ、すぐに意識が戻って」

「いらぬ心配だ。ずっと寝ていればよかったのだ」

「ああ言えばこう言うな。……よし、交換条件だ。あんただって死にたくないだろ？」

「なんの条件だ。私はきみに負けた。差し出せるのはこの体しかないが？」

わざと相手を怒らせようとしているのか、冷え切った視線を浴びせてくる。ちょっとだけ背筋が冷えた。

なんて目をするんだ、こいつ。

「……俺もここに忍び込んだことが知れたら死罪だ。言わないでいてくれるかい？　その代わりと言っちゃなんだけど、俺も絶対にあんたのことを誰にも言わない」

眉間に皺（しわ）を寄せなにか考えるようにまばたきをした彼は「わかった」と返事をしてくれた。なんだ、意外と素直じゃないか。さっきまで手負いの獣みたいだったのに。

「これ、商売道具だろうけれど預かっとく。なにしでかすかわからないし」

落ちていた短剣を拾って見てみる。小回りがきくから接近戦で好まれるものだ。柄（つか）には炎と剣の図が彫ってあった。

「見たことないね。これはあんたのところの家紋か？」

「そ、それは。返せ」

「次に会うまで預かっておくよ。きちんと返すから」

「次に会う……？」

翔啓は短剣を懐に仕舞った。無理矢理に取り返そうとしないところを見ると、諦めたようだ。きっと剣なんていくらでも手に入るだろうから。

「あんたに迷惑はかけないよ。……この通路、来たとおり帰れば向こうに出られるよな？」

「どこに戻りたいのだ？」

「侍医殿。はじめて悠永城に足を踏み入れたから、詳しくないんだよ。兄が待っているしもう行かないと。俺がいなくなったとわかればそれこそ大騒ぎになってしまう」

とにかく長居は無用だった。「じゃあな」と言って通路への扉に手をかけたら、彼がその扉を開けてくれる。

「……勝手に動くな。案内する」

「お？　おう、助かる」

「ひとりではたぶん出られない。確実に中で迷ってゆくゆくは死体になる。そうったら私は知らない」

「おいおい、怖いな。石造りだし、とてもじゃないけれど内側から力任せには出られないだろうな」

「万が一、どこかで火の手があがったら木造では延焼を抑えられない。人が中を通ることを前提には作られていない」

「なんでそんなもん作るんだよ……」

恐ろしくて震えてしまうな。

死角になっているとはいえ、あたりに注意を払いながら再び通路への扉を入ると、暗さに慣れない目がくらむ。

「躓(つまず)きそうだ」

「気をつけろ」

「置いていかないでくれよ」

「ついてこい。同じ扉からは出さない。だが、きちんと侍医殿に辿(たど)りつけるようにしてやる」

「それはどうも。……なぁ」

「なんだ」

「こんな複雑な通路を毎日使ってるの？　あんたくらいしか迷わずに歩けないんだろう？」

「おそらく。元々は先々代の皇帝が、後宮の女たちを逃がさないようにするために造ったとか。逆の見方もあるが」

「後宮に皇帝以外に絶対入れないようにするため？」

そうだ、と彼は答えた。

「悠永城のなかには、後宮を取り囲む高い塀が迷路になっていると知っている者もいるが、どこが入口で出口なのかわからない。そもそも立入も禁じられているから命が惜しい者は使わない」

「勝手に使えばあんたに殺されるからだろ」

返事がない。後宮を囲む迷路の番人をすることも、皇后の剣としての役目のひとつなのだろう。

「怖いね。もっと楽しい仕事に変えたほうがいいんじゃない？」

「うるさい。黙っていろ。石を口に詰めるぞ」

「あんた、顔は綺麗だけれど口が悪いなぁ……」

「大きなお世話だ。お前のように顔も口もうるさいよりはいい」

「顔もうるさいってなんだよ！　俺だって美男でとおっているっていうのに。その淡々とした口調で罵るのやめてくれない？　傷つくんだけど！」

嚙みつくように言ったら、彼は振り向いて口の前に人差し指を立てる。そうだった。ここは隠し通路。騒いでいい場所ではない。

「……しかしな、後宮に女装の男なんておもしろいよ。あんた、宦官でもないし」

「あいつらと一緒にしないでほしい」

歩きながら、男はこちらを振り向いて睨んできた。

「だから、そんなに怖い顔すんなってば。綺麗な顔が台なし」

「男に向かって綺麗だなんだと、きみはどうかしている」

「なんでだよ。どうもしないし素直にそう思っているからだよ。せっかくそんなに綺麗な顔をしているんだから笑顔でいたほうがいい」

「笑ってなどいられない。警戒を怠れば死ぬ」

「まったくもう。俺に負けたことも顔を見たことも、誰にも言わない。言わないから、そんなさ、死ぬって言うなよ。生きててよ」

「……は？」

前を行く彼が立ち止まる。なにか変なことを言っただろうか。再び歩き出したので、追いかける。

「そうだ、聞いてなかった。あんたの名前は？」

また立ち止まる。うるさいと怒られるのかと思ったが、振り向いて翔啓と視線を合わせてきた。

「……静羽（せいは）」

「せいは」

「静かの羽と書く」

「いい名だな」

女みたいな名だといったらきっと怒る。それにおそらくここ後宮で使う偽名だろうが、彼がそう名乗るならば静羽と呼ぼう。

「翔啓」

「なに？」

「……私のことは誰にも言ってはならない」

「ああ。わかっているって。皇后の剣と手合わせをしたってこともな」

否定も肯定もしなかったが、静羽の視線が下がった。

「……言えば、きみに迷惑がかかる」

通路の明り取りが浮かびあがらせる静羽の目は、なんだか濡れているようだ。感情を読み取るのが難しい。こんなところにいるのだから、自由に笑うこともきっとしないのだろう。

静羽はふっとため息をついて、前を向いて歩き出した。何度か曲がり角を経て、出口まで来たらしく「ここから出られる」と静羽が言う。

「注意して出るといい。侍医殿の裏手ではあるが、誰かに見つからないとも限らない」

「あんたに始末された官吏みたいにね……注意する」

通路の暗さに慣れた。静羽はいつの間にか仮面をつけ直していた。彼にはこれが生きるためのものなのだ。

「静羽。あんたいい奴だな。縁があれば会おう。いや、また会いに来るよ」

「またってなんだ」

「またはまただよ。ほら、預かり物もあるわけだし。次は俺のことを迎えに来てくれると嬉しい」

「なにを言っている？　二度と来るな」

「うまいもんでも食わせてやる。その綺麗な顔を拝みに来るよ」

じゃあな、と言ったとき「翔啓」と再び呼ばれる。

「なに。俺との別れが惜しくなった？」

「きみだって笑顔がいいと思う。だから落ち込むことはない。もっと自信を持て」

「へ、へえ？　そりゃあどうも……べつに落ち込んでないけど」

容姿を褒めたから気を遣ってくれたのだろうか。とはいえ悪い気はしない。

扉を開けて外に出た。振り向くと、静羽が扉を閉めようとしていた。合間からこちらを見ていたが、すぐに扉は硬く閉じられた。

なんだか後ろ髪を引かれる思いだったが、その場を離れた。急いで侍医殿へ向かい、階段を駆けあがる。すると舞光が立っており、翔啓に向かって微笑（ほほえ）み手招きをしている。

「いやあ、ちょっとそのへんを散策してだんだ！　楽しいね悠永城って！」

そばへ行くと舞光はみるみる表情が変わり、鋭い眼光が突き刺さってきた。あ。怒られる。翔啓は肩をすくめた。

「翔啓。勝手な行動をするなと言ったはずだぞ。死体になりたいのか」

さっき死体を見てきたばかりです。

「ご、ごめんなさい……」

「ここは流彩谷ではない。悠永城なのだぞ？　沁氏の一員として節度を持った行動をしなさい」

悠永城より皇后の剣より舞光がいちばん怖い。反省してうな垂れていると、舞光に頭を撫でられた。

「小さな子供みたいで仕方のない奴だ。はじめて来たから興味津津だったのはわかるが、あまり心配させるな」

「舞光。悪かった」

「さ、帰るぞ。希望どおり、日が落ちる前にここを出立できる」

「皇太子殿下のご様子はどうなの？　なにか難しいことを頼まれた？」

「ああ。でも大丈夫だよ。帰ったら薬草を調合し、数日後再びここへ来る」

「そうなんだな！」

思わず胸が躍ってしまう。再び悠永城へ来られるのか。あからさまに喜ぶわけにもいかず、誤魔化すように咳払い（せきばら）をする。

「……わかった。次は勝手をしないようにする」

「当たり前だ。頼りにしている」

舞光の穏やかな表情に、翔啓は安心した。

帰りの馬車ではもう城壁や東門を見たい思いはなかった。隣では舞光が目を閉じている。疲れているのだろう、なんだか湿った空気を纏っているように感じる。日が落ちて体が冷えてしまったのだろうか、舞光は何度か咳をしていた。

そっと背中をさすってやると、舞光は瞼を開ける。

「喉が痛むのか？」

「なんともないよ。お前も少し眠りなさい。慣れないことをして疲れただろう」

「そうだね。ちょっと眠いかも」

欠伸をする翔啓を見ながら、舞光は再び目を閉じた。

眠りたいのは舞光のほうだと思いながら、翔啓も眠るふりをした。

馬車に揺られながら、翔啓は今日の出来事を反芻していた。懐に入れていた短剣を探る。取り出すわけにいかないので、柄の感触だけを確かめた。

あの目が頭から離れない。憂いを含んだ静羽の眼差しはなぜだか気になる。どうしてこんなにも心惹かれるのだろうか。静羽がなぜあのように生きているのか、暗闇で息を潜めているのか、知りたくなってくる。生い立ちに秘密があるのだろうけれど、不憫だなんて考えるのは侮辱だとわかっている。

気になって仕方がない。後宮に生きている男、静羽。

皇后の剣であり、死神や鬼などとも噂される陰の使い。皇后の傀儡なのか、それとも自分の意志なのか。恐れよりも興味のほうが先に立つ。

彼の存在は知られてはいけないものだ。

第二章　偽りの再会

「静羽。浮かぬ顔だな」

仮面をつけているのに浮かぬ顔とはどういうことか。そっと漏らしたため息を聞かれたのだろうか。

金と翡翠の豪奢なかんざし、金糸を贅沢にあしらった衣を優雅に纏った国母。皇后がこちらをじっと見ている。冷ややかな美貌が人形を思わせる。

十五で後宮入りをし、十七で皇帝の子を身籠った。美しい佇まいは遠くにいても目に留まり、すぐに皇帝に見初められ夜伽に召されるようになったのだという。体の弱い皇帝は彼女にべったりでなんでも聞きいれ、十年経ったいまでもそれは変わらない。

容貌どおりの冷酷非情な性格で、気に入らなければ切り捨て、失敗を許さず、歯向かう者は虫けらでも潰すかのように平気で命を奪う。目を覆うような拷問を、まるで花を愛でるように見守ることもある。

蛇のような女だ。その横顔は美しく、視線は合わない。

「今日ひとり、うかつな者を始末したので」

「謀(はかりごと)を暴いたのか？」

「侵入者です」

「そうか。ご苦労であったの」

秘密の通路や隠し部屋などは、大きな屋敷や重要な建物ともなればどこにでもあるものだ。しかし、大勢に知られていいものではない。

今日始末した官吏は、妃の宮女と逢引(あいびき)をしていたらしいことを偶然知った。官吏は宮女を後宮から逃がす計画を立てていたらしい。問い詰めるため、数日前部屋を訪ねると、宮女は既に梁(はり)に帯をかけ首を吊(つ)り、こと切れていた。

ピンと張った帯を切ってやると、魂の抜けた体が床に転がった。

これで自由になれたではないか。

宮女が死んだことを官吏は知らずに逝った。

どうでもよかった。ふたりを不憫だとも思わなかった。

皇后の機嫌を取って寵愛(ちょうあい)を受けていれば、とにかく生きてはいける。すべて守れるのだから。

「ひとつ、隠し通路を封鎖しようと思うのですが」

「任せる。位置を記して、管理の者に後始末の手配をなさい。とにかく智玄に害が及ばないようにおし」

智玄という幼い皇太子は、父親に似たのか病弱だ。

皇后にとっては智玄がすべてだ。彼は数日前から腹の具合が悪く、皇后の寝所にいる。夜通し看病していた様子で、皇后は疲れの色が濃い。

智玄は皇后の寝所にいるが、自分が近づくのは許されない。

この部屋も皇后の隠し部屋であり、彼女がここで過ごすときは自分が呼ばれる。聞かれてはならない話をするからだ。少しでも動揺したり、緊張をしたりしていれば、なにがあったか嗅ぎ取られる。静かに皇后のそばにいて、時折かけられる問いに答えるがこちらから問いかけてはならない。

「静羽。仮面を取れ」

「はい」

命に従い仮面を取ってみせると、皇后は立ってこちらへ歩いて来る。床を衣擦れの音が這う。

浮かぬ顔、と言われたのは官吏をひとり始末したからではない。

どうして彼がいるのだろう。なぜだ。動揺していたし、どうしていいのかわからなかった。あんな風に混乱する自分が許せなかった。

金銀の指輪をつけた冷たい指が顎をつかんでくる。頬に爪が食い込む。触れるな。本当は怖気が走るほどに嫌悪しているが、その意識を頭から押し出す。

「そんなに私が嫌いか」

「皇后陛下のおそばに置いていただくこと、恐悦至極にございます」

「ふん……なにかあったか」

いつものように冷静になれ。翔啓の顔を思考から取り去れ。

「なにも。抵抗にあい、小さな擦り傷があるためかと」

「らしくないな」

皇后は乱暴に嵐静の袖をまくった。右肘にある小さな擦り傷を見て、皇后は「傷を作るな」と冷たく言い放つ。

「申し訳ございません」

相手はこちらに死ぬ気で立ち向かってくる。鬼だ、死神だ、と好き勝手に幻想を作りあげて無駄に恐怖心を募らせているから、冷静でない者が多く、剣筋もむちゃくちゃだ。そんな戦いで傷を作るなとは無理な命令だ。皇后はフンと鼻を鳴らして離れていった。

「お主はこのままおれ。私の命に従っていればいいのだからな」

「はい」

体と心を縛る鎖のような声だ。嵐静は静かに呼吸を整えながら、右肘をさする。この擦り傷は、翔啓ともみ合ってつけた傷だ。

「今日はもうよい。私は休む」

「は」

皇后の指示に従い、部屋から下がった。

静羽という名はここで生きるためのもの。嵐静という本当の名は誰も呼ばなくなって久しい。

嵐静は男であることを隠し「静羽」になった。そして、後宮の主である皇后の側近として仕えている。側近といっても位はなく、表に出てはならない。皇后の命しか聞いてはならず、背けば死。自らが死なないために他の命を悪として、狩る。

いつしか「皇后の剣」と噂されるようになっていった。

皇后の剣、静羽。その仮面の下は死神だとも醜い鬼だとも噂されている。

もともと細身なこともあり、衣で体は誤魔化せる。嵐静は仮面をつけ、性別を偽り女子として生きている。皇后が女子の護衛を欲しがったためという理由だが、嵐静は囚われているも同然だ。

名を呼んでくれていた友の記憶だけで、己を忘れずにいられる。

嵐静という少年は十歳で死んだ。友を助け、自分の祈りと未来を友の命と引き換えにした。それでよかった。

よかったのに、なぜだろうか。なぜ翔啓はここに来たのか。出会ってしまったのか。嵐静が後宮にいる限り出会うことはないのに、まさか翔啓から忍び込んでくるなどとは夢にも思わなかった。

それにしても、嵐静の顔を見た途端の彼の様子には驚いた。思わず取り乱してしまったほどだ。頭痛を訴えて、あんな風に意識を失うなんて。

脱力した体の重さをまだ覚えている。あのまま死んでしまうのではないかという恐怖にも駆られた。

それに、忘れようもない事実が翔啓の身には起こっていた。

「私を忘れている」

口に出すことで変えようもない事実をまた受け入れようとしている。動揺して衝撃を隠せない自分も許せなかった。

翔啓は最初、嵐静の顔を見てもまるではじめての出会いのようだった。会ったことがあるか、と聞いた時も否定すると簡単に納得し「勘違いだ」と片づけていた。

彼の中に嵐静は存在しない。欠片すらも。

嵐静の顔も名も思い出さず、ただ明るく太陽のような笑顔を向けてくる。尋ねられて名乗ったときの空虚で悲しい気持ちが蘇ってくる。

皇后の隠し部屋を出ると、誰にも会わぬように作られた通路を通り自室へ向かう。後宮を囲む高い壁の中は隠し通路の迷路、後宮内部も迷路のようだ。

嵐静の部屋は、そばに置くために皇后が作らせたものだ。飼い猫をいれておく檻だともいえる。

嵐静は自室に戻ると、ひと心地ついた。懐を探って短剣が一本ないことに気づいて舌打ちをする。そういえば翔啓に持って行かれてしまったのだった。

戻ったばかりだが、再び外に出ようか。夜風で頭を冷やしながら残した仕事を片づけてこようか。

十年ぶりの再会は、自分のなにが変わったのかを確認させられているようで、息苦しかった。それと一緒に泣きたいほどの懐かしさもまた、胸いっぱいに広がってどうしようもない。自分にこうも激しく渦巻く心がまだあったことに戸惑う。

元気だったかと聞くことは永遠にできないが。それにもう二度と会うまい。昔の友の健やかな姿を見られただけでも、幸せなのかもしれなかった。

溜息をついたとき、ぱたぱたと足音が聞こえてきた。

「静羽。……寝ている？」

「いや、起きている」

「よかった。あたしよ。入っていい？　甘味を持ってきたよ」

「ちょっと待て」

宮女とは普段会うことも口をきくこともない。ましてや嵐静は「静羽」として素顔を晒すことはない。

彼女は別として。

部屋の戸をそっと開くと、頭から布をかぶり鼻の下で結んだ女子が立っていた。

「涼花。夜は来てはいけないと言っているだろう」

「しっ」

あたりをみまわし、誰もいないことを確認したのか部屋に入ってきて素早く戸を閉める。

「いいじゃないの。どうせ退屈しているんでしょ？」

「べつに退屈はしていない」

涼花は皇后の宮女のひとり。明るく朗らかな性格で、少々強引なところが翔啓と似ているのかもしれない。あっという間に自分の雰囲気にまわりを巻き込み、持ち前の明るさで場を和ませる。たまに振りまわされるが、不思議と嫌ではない。主への細やかな気遣いもできるので、皇后のお気に入りのひとりでもある。

後宮の暮らしでの友といえば、彼女なのかもしれなかった。

「皇后陛下の御用は済んだの？」

「ああ。陛下は休まれた。寝所の係ではなかったのか？」

「うん。別な子がいっているわ。お菓子食べようよ」

「酒は飲めないぞ」

「わかってるって。持って来てない。お茶にしよ」

涼花は勝手に部屋にあがってきて、勝手に座椅子に腰かけて卓の上に菓子を並べている。いつもこうだ。茶を飲みたくても用意するのは嵐静の仕事である。

皇后から時折、上等な茶葉を貰う。上等であっても好き嫌いがあったり、新作が献上されても皇后の口に合わなかったりするためだ。嵐静は茶の味に無頓着だから、なんでもよかった。

「南方の、なんとか金雲とかいう茶葉がある」

「もしかして駿金雲（しゅんきんうん）？　うわぁ……そんな上等なもの貰ってんの？」

驚かれても嵐静にはなにがいいのかわからない。

いつも飲めない茶を口にできるから、涼花はそれも楽しみなのだ。

茶を淹れて、嵐静も腰をおろした。仮面はつけていない。

「皇后陛下が甘味をわけてくださったのよ」

「そうか」

「今日、悠永城に来た客が持って来たものでね。胡桃餡の焼菓子なの。皇太子殿下が胡桃をお好きだから。でも食べたくないらしくて。皇后陛下は胡桃が苦手でしょ？　だからまわりまわってあたしたちのところへ来たわけ。静羽、胡桃が好きでしょ？」

「ああ。ありがとう」

口数の少ない嵐静、ひとり喋り続ける涼花。彼女のおしゃべりを聞いているのは嫌いじゃない。はじめは警戒をしていたが、屈託のない笑顔と明るい人柄がホッとすることに気づいた。

素顔のままで過ごす時間は、心が解（ほぐ）れていく。皇后の前でも仮面は取るが、あの時間とは雲泥の差だ。

「ああ、お茶が美味しい！」

胡桃餡の菓子も美味しかった。かき混ぜられた気持ちが落ち着いていくのを感じる。涼花が茶の香りを楽しんでいるのを真似てみる。たしかにいい香り。……でも、ただそれだけ。味はよくわからない。

「静羽。耳飾りとか紅とかいらない？　使っていないのがあるんだけど。かんざしもあるよ」

「いらない」

「耳飾りと紅で、もうちょっとかわいく見えると思うんだよね」

「必要ない」

どうしてかわいくしなくてはいけないのか。涼花の考えがよくわからない。

「だって女に見えないと困るでしょう」

「まぁ、それはそうだが。しかし衣も一応は女物だし、仮面があるから」

「仮面は仮面。衣もそんな黒いのばっかりだし色気もなにもあったもんじゃないわ」

「色気なんていらないだろう……」

「髪だってきちんと編み込んだりして結えばいいのに、馬の尻尾みたいに無造作に一つ結びにして……髪飾りで華やかにしようよ。せっかく綺麗な黒髪なんだから」

「だから、男に綺麗と言わないでくれないか」

そういうと、涼花はむくれた。

「なんだかんだ体はがっしりしているし目つきも悪いんだから、飾りで和らげようよ」

「目つきは生まれ持ったものだから仕方がない」

「あと、もっと笑顔でいたほうがいいわ」

仮面の下で笑っていても誰も見やしない。

笑顔でいたほうがいい、と翔啓は笑っていた。彼ならば明るい色の衣や、華やかな刺繡(ししゅう)の帯などもきっと似合うのだろう。髪の結い方はどうだっただろうか。よく覚えてはいないが、さすが名家の若君といった美しい身なりをしていた。流彩谷の瑠璃泉の影響か肌は白くきめ細やかだったし、睫毛(まつげ)は長く艶やかで、瞳はまるでそこが泉のようで。

「……なにを考えているのだろう」

思わず頭を抱えた。自分に粋や華やかさがないからといって、翔啓を真似ても仕方がない。

「なにブツブツ言ってるのよ」

「なんでもない。涼花がおかしなことを言うから混乱しただけだ」

「おかしくないわ。だってあたし、静羽を可愛くしてあげたいんだもの」

「そもそもその考えがおかしい」

「仮面で顔を隠していれば女子に見えるけれど、仮面を取ると普通に男だもんね」

「……なんなのだ、いまさら。当たり前だろう……」

そう。「静羽」が男であることを、涼花は知っている。知っていて黙っている。

五年前。雨の夜だった。

嵐静は皇后の命でふたりの武官を始末した。そのとき左腕に負った傷が思ったよりも深く、部屋に辿りつく前に動けなくなってしまった。

血が止まらない。

下手を打った。雨で剣が滑り、相手の一撃を受け損ねて負傷した。皇后の剣がこんな失態を犯すとは。唇を嚙んだところで傷は塞がらない。

誰かに見つかってはまずい。自室に帰ろうと焦っても、体がうまく動かない。這うようにして後宮庭園の植え込みに隠れた。

「どうしよう……」

大量に失血し、体力も激しく消耗しているのを感じる。頭がぼうっとして、遠くにある提灯の明かりがぼやけて見える。

部屋まできっともたない。手当てもせずにこのままここにいたら、雨で余計に血を失う。朝が来て明るくなればもっと動きにくい。そもそも、もう動けなかった。

「ここで終わりかもしれないな」

それもいいかもしれない。任務は果たしたし、死ねばもう人を殺さなくて済む。ただひとつ心残りがあるなら、自分の死をかつての友に知らせる術がないことだろうか。

痛みを紛らわそうと深呼吸をしたときだった。近くを誰かが通った。息を潜めていると、足音が止まる。

早く立ち去れ。いなくなれ。靴の先にある水たまりに雨粒が落ち、水面が乱れている。その乱れが止まった。傘だ。水たまりに明かりが映る。提灯か。そのときはじめて、水たまりに己の血が溶けだしていて真っ赤になっているのに気づいた。

「そこに誰かいる？　どうしたの？」

まずい。見つかった。

嵐静は匕首を持ち直す。相手の首をひと突きするくらいの力は残っている。

植え込みを白く細い手がかき分けた。愛嬌のある大きな目の、若草色の衣を着た女子だった。嵐静よりもいくつか年上だろうか。

「あなた……」

仮面姿を見て、女子は少し後ずさりした。

大声を出されでもしたらことだ。嵐静は立ちあがろうとしたが、まったく体に力が入らない。

「酷い怪我してるじゃない！」

女子は嵐静の手を取った。匕首を握っているのが見えないのだろうか。

「あたしは涼花。……つかまって。侍医を呼ぶわ」

まさか。そもそも姿を見られてはならないのに。いままで、軽傷であれば自分で手当てができていた。もし酷い怪我をした場合、皇后の息がかかった崔侍医長が内密に手当てをしてくれていたのだ。

「だ、だめです。呼んではいけません」

「正気なの？　こんなに血が出ているのに！」

「私のことは誰にも言わないでください」

嵐静の訴えになにかを察した涼花は、提灯を消して傘を閉じた。濡れるのもかまわず嵐静を抱え、一緒に立たせてくれた。

「あなたが汚れてしまいます」

「なにを言っているの！　そんなこと気にしている場合？　いまあたりに誰もいないわ。あたしの部屋へ行きましょう」

弱ってうまく歩けない嵐静を、励まし支えながら自室に連れて帰ってくれた。雨足が強くなってきたことが幸いした。ふたりの足音はかき消され、嵐静の足跡も血痕も雨に流された。

後宮のなかで一番大きく広い建物、長紅殿(ちょうこうでん)が皇后の住まいだ。その偏殿(へんでん)に涼花の部屋があった。

「ここに座って。痛みはどう？　本当に酷い怪我だわ……」

「寝台が汚れてしまう」

「だから、いいってば。布団は交換すればいいの。あなたの体は交換できないでしょ？」

半ば無理やり寝台に寝かされる。

「体をちょっと起こせる？　お茶を飲もうか」

涼花がくれた茶を飲むと、体に染み込んでいく気がする。ほっと息をついた。

植え込みに倒れていたときよりは体が動くような気がする。傷の痛みはなんとか我慢ができる。ただ、まるで体の中心に鉛が打ち込まれたようなだるさを感じ、動くのが億劫なのだ。雨に打たれ続けたことと怪我のせいで、おそらく熱を出しているのだと思う。

茶を飲み終わって、また寝台に体を横たえた。傷の痛みに思わず呻くと「無理しないで」と涼花が声をかけてくれる。

「仮面に手をかけた者がどうなったか、後宮に住んでいるなら皆知っているわ。だから顔は晒さなくてもいいけれど」

腕まくりをした涼花に、濡れて泥だらけの衣の帯を強引に解かれた。嵐静は驚いて思わず悲鳴をあげる。

「なっ……ちょっと待って」

「なによ。脱ぐのよ。このままじゃ手当てできないわ。他にも怪我があるかもしれないし」

「だ、だめだ！」

「変なの。裸が恥ずかしいの？　同じ女なんだから見られたってかまわないでしょ。大人しくしなさい！」

「うわっ」

抵抗むなしく帯を解かれ、上半身の衣を脱がされてしまう。膨らんでいるはずの場所が真っ平だったので、涼花は白目をむいている。

「……は？」

出会ったばかりの女子に裸を見られてしまうとは。恥ずかしさで叫びそうになる。涼花はというと、あまりに驚いたのか腰を抜かしたようで尻もちをついた。

「お……おとこ？」

声を裏返して涼花が言った。

ああ、顔から火が出そうだ。いますぐここから逃げたいけれど、こんな体ではそれもできなかった。

もうここまで来たら裸も顔も同じことだろうと思い、観念して嵐静は自ら仮面を外した。涼花は口に手を当てて叫んでいる。外に聞こえたら困ると咄嗟にそうしたのだろうが、申し訳ない気持ちになる。

「本当だぁ。お……男だ」

「見てのとおり、私はれっきとした男です」

「女装が趣味なの？」

「いや、いいのよ。個人の自由だと思うし」

「だ、だから違うって」

「もう一度、仮面つけてくれる？」

「はい？　……こう、ですか」

「いやもうそれ女子。声が違う」

「少しだけ変えている」

「なんなのその特技。他で生かせばよかったのに」

盛大にため息をついている涼花。もっと驚いて取り乱すかと思いきや、意外に落ち着いている。

「……大丈夫ですか？　涼花」

「混乱するなってほうがおかしいでしょうが。あなた、あの静羽なのでしょう？」

そうだ、と頷いてみせる。

「驚いた。皇后の剣が男だったなんて。もともと皇后陛下が拾っただか、助けただかした侍女だって聞いていたけれど」

彼女のいうとおり。

「違う！」

十年前、皇后が湯治先より連れ帰って来た「女児」を自分の宮女にすると言いだした。

当時妊娠中だった皇后は、皇帝とともに沁氏領地の流彩谷にある温泉へと湯治に向かった。嵐静はその旅先で拾った孤児「女児の静羽」ということになっている。

「瞳が赤く、赤は火を連想する」「城を燃やすかもしれない」「不吉」という理由で、すぐに仮面をつけられた。

仮面をつけることで「嵐静」は死んだ。別の名を名乗れといわれ、自分で自分に新しい名を考え「静羽」とつけた。

面白がって仮面を外す者がいたが、皇后の怒りに触れて立て続けに始末されたので、誰も静羽の素顔を見ようとしなくなった。

仮面をつけたまま武芸を叩きこまれ、皇后の命のみで動く傀儡になったのだ。

「すまない」

「どうして？　謝る必要なんてないわ」

よろよろと立ちあがると、涼花は再び腕まくりをする。

「わかったわ。……とにかく、手当てをしましょう」

涼花は「最低限のものしかないけれど」と戸棚から薬箱を出してきた。いつの間にか、左腕の傷の血は止まっていた。

「なんとか血が止まったみたい。痛みはどう？」

「だいぶいい」

「あのままあそこにいたら、あなた確実にどうにかなってた。あんなに地面に血が流れていて、人に見つかっただろうし」

涼花のいうとおりで、いまさら震えがきて奥歯が鳴った。死を覚悟したのは今回がはじめてではないはずなのに。

「助かった。本当にありがとうございます」

「痛みはどう？　生憎ここに痛み止めのような薬はないのよ」

「自室に戻れば薬がある。我慢できる。だ、大丈夫」

普段あまり人と会話をしない。だから、話し方がどうしてもぎこちない気がする。

「ふうん。そういうのも皇后陛下からいただくの？」

そういうのも、というのはどういう意味なのだろう。涼花の丸っこい目を見つめ、質問の意味がわからずに嵐静は首を傾げた。

「あ、ごめん。嫌味じゃないのよ？」

「べつに嫌味と取ったわけではありませんが」

「なにをしてこんな怪我をしたの？」

「相手の反撃を受け損なった」

「そんなのわかるわ。そうじゃなくて、敵から反撃を受けるようななにをしたの？」

思わず右手が帯に移動する。指先に匕首の柄頭が触れる。

「答えるとでも？」

「皇后陛下が下す命令よね？　……陛下はあなたの命はどうでもいいのかな」

「涼花」

嵐静は首を横に振る。自分の主を悪く言うものではない。ましてや、涼花は皇后の宮女。自分ではどうしようもない理由により皇后に飼われてきた嵐静とは違う。

「私とあなたは立場が違うだろう」

「なにを言っているの？　あなたも私も同じ人間だよ。私のほうが静羽より尊いとでもいうの？　それって命を粗末にしていない？　皇后の剣は命を懸けるものなの？」

涼花は事情を知らないのだから、仕方がない。皇后が静羽を駒にしていると思われてもなにも言えない。

「弱みを握られているの？」

「違う」

「もっと酷い怪我をしたらどうするの？」

「だったらそれは運命だ。受け入れる」

「あなたの胸にある酷い傷もそうなの？」

嵐静の右胸を指さした涼花に、咄嗟に体が反応する。

「触るな！」

細い腕を振り払った。涼花の真っ直ぐな目を見ることができない。

「私が己の命をどう使おうと、あなたに関係ない。心に従っているだけ」

雨音が沈黙を湿らせる。

心に従った。それは後悔していない。だから私はここにいるのだ。幼い頃に一度消えかかった命の灯は、姿と意味を変えてここ後宮で燃えあがった。

大切なものがどこかで呼吸をしている。笑っている。守れるなら、そのためならなんだってする。だから、いいのだ。

「ごめんなさい。嫌だったよね」

「私こそ……助けてくれた人に対する態度ではなかった。すまない」

「いいの。なんだか熱くなっちゃった。事情も知らないのに突っ込んで聞くなんて失礼よね」

嵐静が黙って首を横に振ると、潑溂とした笑顔で涼花は手当てを続けた。

「私ね、故郷にあなたと同じ年頃の弟がいるんだ。なんだか思い出しちゃった」

なるほど。弟に重ねていたのか。嵐静自身にきょうだいはいないが、もし姉がいたとするならこのような感じだったのかもしれない。

「血も止まったし、少し休んで動けるようになったら自分の持ち場に戻るといいわ。皇后陛下があなたを探しているかもしれないから」

「涼花。私がここにいたことは……」

「大丈夫。皇后陛下にも誰にも言わないわ」

「ありがとう。恩に着る」

手当てが終わると、涼花は部屋を出ていった。戻ってくると「これを食べて、少し眠って」と粥を出してくれた。いったいどうやって持って来たのだろう。食べ終わると、安堵からか睡魔が襲ってきた。

まだ雨音がしている。始末した武官たちの遺体は見つかっただろうか。既に片付けられているだろうか。

「昔、こんな風に私を匿ってくれた友がいた」

「そう。怪我ばっかりしているのね」

「かもしれない」

「友人は元気なの？」

瞼を閉じる。いまはもう思い出を辿ることでしか見られない。青く美しい泉、緑が鮮やかな木々。

あの頃から私は心から笑ったことがあっただろうか。

「知らない。健やかであってほしい。……子供の頃の話だ」

そのまま深い眠りに落ち、目を覚ますと涼花は座椅子にもたれたまま眠っていた。もう一度包帯を取り換えてもらい、その日のうちに自室へ戻ることができた嵐静だった。

涼花との出会いはここ後宮での生活に灯った小さな変化だった。彼女がいなければあそこで命尽きていたか、追手に殺されていたかもしれない。恩がある。

「でね。静羽、聞いてる？」

恩人に、口に胡桃菓子を突っ込まれる。少し昔に思いを馳せていたせいで涼花の話を聞いていなかった。甘いそれを咀嚼しながら謝罪する。

「……ふまはい」

「すまない、じゃないわ。静羽、いつも注意しているでしょう。人の話を聞いている途中で意識を遠い彼方へ飛ばすのやめて」

静羽を見ていると弟を思い出すと言ったとおり、完全に姉の立ち位置である。嫌ではないので構わないでおく。

「……考えごとをしていた。なんの話だった？」

「だから。皇太子殿下のことよ。ここのところまたお腹（なか）の調子がよくなくて、皇后陛下も気が気ではなかったからね。あたしたちも気を遣うし」

皇后の機嫌がよくないから、宮女たちにも緊張が伝染していくのを感じていた。少しでも失敗をすればどんな仕置きをされるかわからない。

「知ってた？　瑠璃泉の……ほら。なんだっけ」

「瑠璃泉は沁氏だ」

「そうそう。沁氏の若君が急遽、瑠璃泉のかめを持ってきたらしいわ」

「沁氏の若君とは、沁舞光のことだ」

「そう。それでね、崔侍医長が言っていたんだけれど、もうひとり若君がいたらしくて」

「もうひとりの若君？」

「うん。次男の羨光様は十三歳かそこらだったはずよね」

「……城外の若君の年齢まで。相変わらず宮女たちは事情通だ」

「当然です。美男子は愛でるものですから。でね、沁氏のもうひとりの若君は青年だったそうなの。崔侍医長は、背が高く凜として麗しい方だったっておっしゃっていた。いいなぁ。どんな若君なのかしら。見てみたい」

なるほど。翔啓のことか。

兄についてきて、おおかた退屈で悠永城内をうろついていて偶然あの通路を使う官吏を追った、といったところか。危険を顧みずに好奇心だけで動いてしまうのは相変わらずだ。

「……なにを笑っているの？」

涼花が茶を飲みながら、興味深そうに嵐静の顔を覗き込んでいる。笑っていたのか。まったくの無意識だった。

「珍しいね。静羽がそんな風に笑うなんて」

「……涼花が楽しそうに話すからだ。つられただけだ」

「ふふ」

嵐静は口を引き結ぶ。

舞光は翔啓を伴って悠永城へ来たのだろう。翔啓は「悠永城にはじめて入った」と言っていた。現在はあの沁氏の者だとしても血の繋がりがないから、宗主も若君も翔啓のことを表に出さなかったのではないか。舞光も次男も文武両道で優秀なはずで、次男の羨光よりも翔啓が秀でていたとしても、血の繋がりを重視してきた沁氏が羨光より翔啓を前に出すはずがない。今更、という感じも否めない。

そこまで考えて、存在が世から消されて何年経つと思っているのだ、と打ち消す。世は変わっていくのだから。

翔啓はきっと認められたのだ。あの家に。

「だからね、まことしやかに噂されているわけよ」

「なんと？」

「だから、さっきも言ったでしょう。静羽ったら聞いてないんだから……皇太子殿下は毒を盛られたのだろうって」

「毒？」

「うん。怖いわねぇ」

嵐静は首を捻った。皇后からはなにも聞かされていないが。ここ最近で毒見係が体調を崩した話を聞かない。そもそも智玄の病弱はいまに始まったことではない。息子の腹の具合がなかなかよくならないから、毒を盛られたと疑心暗鬼になっているのではないだろうか。

「静羽はなにも聞いていないのねぇ」

涼花の言葉には答えない。なにかを知っていたとしても涼花には話さない。涼花もそこはわかっているから追及もしてこない。嵐静が口を開かない様子を見て、つまらなそうに口を尖らせながら菓子を頬張っている。

ただの噂なのか、疑いが膨らめば「静羽」は命ぜられるに違いない。制裁をしろと。そのときなにが真実かわかるのだろうか。

嵐静は窓のない部屋から夜空を思った。

ひとしきり喋って気が済んだ涼花は、帰っていった。人の気配が残る自室を見渡し、湯飲みに残る茶を飲み干す。

嵐静はおもむろに仮面をつけ、静かに外へ出た。まだやることが残っている。

あたりは闇に包まれていて、溶け込むように嵐静は歩いていき、翔啓を渡した隠し通路へ入る。途中まで行くと、天井にあるからくりを作動させる。すると人間の頭ほどの石が大量に落ちてきて、通路を塞いだ。嵐静は持って来た火種で火を起こした。床に放ると枯葉がゆっくりと燃え広がってゆく。そのまま引き返して、後宮側へ出る通路でもからくりによって石を落とす。あの火が天井に張られた板を焼き、砂利が落ちてくるはずだ。完全に通路は塞がる。

焦げた匂いが鼻をつく。嵐静は踵を返し、通路をあとにした。

自室に戻ると仮面を剝ぎ取るようにして外し、寝台に腰かけた。あと数時間で夜が明ける。

火災を知らせる鐘が鳴っている。

嵐静は、あの炎がすべて焼き尽くしてくれればいいと願った。

＊　＊　＊

屋根の上で暮れゆく流彩谷の空を眺めながら、翔啓は欠伸をひとつ。

砂糖がけの豆を放って口に入れようとしたが外れて、屋根を転がって落ちていった。

「やあー！」

「光鈴！　蹴りを本気で当てたな！」

「稽古とはいえ私はいつも本気よ！　羨光がぼけーっとしているから悪い！」

視線を落とせば、屋敷の広い中庭で剣術の稽古をする光鈴と羨光。ふたりに稽古をつけているのは沁氏一門の銀葉先生だ。長い顎鬚は真っ白、山羊が衣を着て歩いているように思えるが、あれで剣を持つと目の色が変わってめちゃくちゃ強いのだから侮れない。物静かで気配が消えていることがあるが、眠っているわけではない。銀葉先生は宗主の叔父上にあたり、銀葉先生の娘、雪葉も医者だ。沁氏の屋敷にほど近い場所に親子で住んでいる。

双子といえば、本人たちは真剣なのだろうが、じゃれあっているようにしか見えない。翔啓と目が合った羨光が「翔啓兄！」と手を振っている。その隙にまた光鈴に蹴りを入れられていた。

「ほらほら、よそ見をしているからだよ」

羨光に向かって手を振り返した。挙げた右手の向こうに湯気が立ち昇る建物が見えるが、あそこは舞光の作業部屋だ。薬湯を煎じているのだろう。

悠永城から戻って三日。舞光は作業部屋に入ったきり出てこない。

沁氏の者は代々医者。流彩谷の薬草と瑠璃泉を組み合わせたものを悠永城に献上していた。舞光は薬草の知識が豊富でその才能が認められ、何年も前から悠永城の侍医たちと連携を取っている。

　皇太子用のものを頼まれたという。聞けば、皇太子は臥せってばかりおり、食事も喉をとおらず快方に向かっているわけではないらしい。あのままでは体力も落ち衰弱していくばかりだろう、と。

　悠永城からの帰り、心配いらない、という舞光の笑顔は流彩谷へ戻ったときには消えていた。いくら鈍感な翔啓でも、難しいことだとわかる。

　寝食を忘れて、なんて舞光らしくない。いつも自分を律し冷静沈着だというのに。昨日の朝餉のときもいなかったし、今日も朝から一度も姿を見ていない。

　翔啓は立ちあがって豆菓子を懐に仕舞う。そして中庭に飛び降りた。駆け寄ってきた羨光の頭の上に豆菓子の包みを乗せる。

「やる」

「わぁい……じゃなくって、あとでいただきますけれど！　翔啓兄、僕と手合わせを！」

「ちょっと、羨光ずるい。私が先なんだってば！」

「わかったから、お前たちじゃれるな。あとでな……俺、舞光の様子を見てくる」

翔啓がふたりの頭を撫でると、じゃれついていた双子が動きを止め、しゅんとした。

「兄上、根を詰めていらっしゃるから僕は心配です」

「そうなんだよ。今朝も昨日も朝餉のときいなかったし。光鈴、兄上はきちんと食事をしているのか？」

「どうでしょう……作業部屋に立ち入らないようにとの言いつけを守らなくてはいけません。食事を持ってこなくていいと言われました」

やはりそうか。

「お前たちも心配で稽古に身が入らないよな。俺が様子を見てくる」

「台所に、昼に食べた豚肉と流彩谷人参（にんじん）の粥が残っています」

「わかった。ありがとう、光鈴」

銀葉先生にも挨拶をすると「若様にあまり無理をなさらず、とお伝えください」と言葉をくれた。皆、気が気ではないのだ。急いで台所で粥と茶を用意し、舞光がいる作業部屋に向かう。

立ち入らないように、と言われたものの二日も顔を見せないのだから心配になる。邪魔にならないよう控えめに戸を叩く。

「舞光。俺だよ。翔啓だ」

返事がない。入ってもいいかい？　もう一度声をかけたけれど、同じく反応がない。

「舞光……？」

なんだか焦げ臭い。薬湯や蒸された薬草の香りではない。いやな予感がして、舞光の返事を待たずに部屋の戸を開けた。

「うっわ」

室内は煙に包まれていて、見れば火にかけた鍋から濛々と煙があがっている。焦げ臭いのはこれが原因か。部屋の戸を大きく開けて煙を逃がしてやる。

「どうしたんだよ。なんだ、この煙……！」

煙が目に染みる。顔に纏わりつくようなそれを払いながら部屋に入る。机の上に薬草が積まれ、かめがたくさん並んでいる。机の向こう、部屋の奥には竈があり、乗せてある黒い大鍋から煙が出ているのだ。部屋を見渡しても舞光の姿がない。どこかに行っているのだろうか。翔啓は竈に近づいて、竈の火から鍋をどけ机に置く。

「あっつ……」

なんとか鍋をどけたが火も消さないといけない。火箸はどこかと探していると、なにか柔らかいものを踏んだようで足下を見る。薬草かと思ったが違って、白蠟の色をした布が靴の下にあった。そこから出ているのは腕、床に散らばる長い黒髪。

「……舞光！」

舞光が倒れていたのだ。顔色が青く、一瞬ぞっとする。口元に手をやると、息はしているようだった。

縁起でもない。翔啓は舞光を抱きかかえて部屋から飛び出した。

「おい！　誰か来てくれ！」

大声で呼ぶと、一番に駆けつけたのは羨光だった。

「兄上！」

続いて光鈴、沁氏一門の者が数人。中庭に広がった煙、そして舞光を抱きかかえた翔啓の姿に悲鳴があがった。

「若様が！」

「舞光様！」

「みんな落ち着け。舞光は大丈夫だから。羨光、竈の火を消してくれ。煙がすごいから注意して」

「わかった！」

「火傷に気をつけろ」

部屋に連れていき、舞光を寝かせなければ。涙目の光鈴がついてくる。

「光鈴。宗主に伝えて、それから雪葉先生を呼んできてくれ」

「わかりました！」

光鈴は涙を拭いて駆けていく。翔啓はそのまま舞光の部屋へ行き、寝台に彼を寝かせる。衣の袖を留めるためにかけられていた襷(たすき)を外してやった。顔が煤(すす)で汚れているのが痛々しい。帰りの馬車で咳をしていたことを思い出す。もしかして、数日前から具合が悪かったのではないだろうか。

いくら皇太子のためでも、具合が悪いのに無理をするなんて舞光らしくない。なにかわけがあるのだろうか。

部屋の戸が開いたので見ると、銀葉の娘、雪葉が立っていた。名のとおり雪のように白い肌、梅の花のような唇に少し冷たそうな目元が印象的な女性だ。慌てる様子もなく、静かに部屋へ入ってきて、舞光の寝台に近寄った。

「光鈴から話は聞きました。ここ数日無理をされていたとのこと」

小鳥の歌声のような声はおっとりとしていて、緊迫していた場を柔らかくした。

「雪葉先生、舞光を頼みます」

「倒れるまで無理をなさるなんて、若様らしくないですね」

舞光の額に白い手を当て「熱があるわ」という。その指は次に頬に触れ、そして喉を触る。慈しみの中にかすかに灯るものを感じて、翔啓は胸がふっと温かくなった。

ふたりは幼なじみで無二の親友であるが、おそらく恋仲である。あからさまな様子は見せない。ただ、雪葉のほうが遠慮をしているように感じる。双子は気づいていないだろうが、時折見かける舞光と雪葉ふたりの様子に、翔啓は「ははーん」とニヤニヤしていたのだ。

だからこそ、雪葉が頼りになるし、彼女にしか舞光のことを頼めないのだけれど。

「寝食を忘れて没頭していたようだから。それと、たぶん先日の悠永城帰りにすでに体調が悪かったんだと思う」

「ここ最近は夜になると冷えますからね……」

「俺がもう少し早く気づいていればよかった」

舞光を気遣えなかった自分を恥じた。こんなになるまで無理をしているとは思っていなかったのだ。

「大丈夫。数日休めばよくなるでしょう」

翔啓を安心させるように雪葉は頷いた。降った雪が手のひらで溶けるような微笑みだった。

部屋の前の廊下に複数の足音が聞こえてきた。戸を開けて入って来たのは、沁氏宗主であり舞光と双子の父親、舞元。

「雪葉。面倒をかける」

地を這うような低音に、空気が硬くなるような気がする。翔啓は黙って舞元と雪葉から離れた。背中を突かれて振り向くと、双子がいた。

「兄上はどうですか？」

「大丈夫。雪葉先生が診てくれている」

まだ涙目の光鈴の背中を羨光がさすってやっている。羨光の肩を抱いてやると、弱々しい微笑みが返ってきた。

「舞光の様子はどうだ？」

「宗主。若様は喉が腫れて熱が出ているようです。薬と静養が必要です。数日で回復するかと……」

雪葉の言葉を聞いて、舞元は眉間に皺を寄せた。蓄えた口髭（くちひげ）を撫でるのは癖である。大きな体に繋がる手足はゆったりとした上着のせいでわかりにくいが、鍛えあげられ太く、胸板も分厚いことを沁氏の皆は知っている。

宗主として威厳ある雰囲気だけでなく、自他隔てなく厳しく、誰からも恐れられていることも。

そしてかつて患った病のせいで、心臓が弱っていることも。

「……翔啓」

名を呼ばれ、翔啓は舞元に歩み寄る。

「はい、宗主」

「舞光が目覚めたら、薬草の説明を受けてお前が代理で悠永城へ行きなさい」

「代理？　……ですか？」

なぜ俺が、と問いそうになるが、舞元の目に怒りが混じるのを感じて口を閉じる。

「お前がついていながら、舞光に無理をさせるでない」

「……申し訳ありません」

「舞光の補佐を務める自覚を持て。お前は時期宗主を守るのが役目だ」

何度も聞かされ納得していることなので「はい」と答えるしかない。

具合が悪いことに気づいていても、無理をしているとわかっていても、翔啓が口出しをしなかったのは舞光の志の邪魔をしたくなかったからだ。それで叱られるなら受け止めるしかない。

「昨夜の知らせでは、舞光はいくつか薬草と薬湯を用意したはずだ。それを持って明日、出発しなさい」

「わかりました」

悠永城にはきっと再び行くことになると思っていたが、ひとりで出向くことになろうとは。

「舞光が目を覚ましたら知らせてくれ。必要なものは遠慮なく申し出てほしい」

「承知いたしました」

「金は惜しまない」

部屋を出て行こうとした舞元に「父上」と声をかけたのは羨光だった。

「なんだ、羨光」

「父上、僕が翔啓兄に同行してはいけませんか？」

輝く目には兄の急場をしのぐために自分が、との気合いが張(みなぎ)っているようだった。だが舞元は「必要ない」と突っぱねる。

「お前は光鈴とともに舞光のそばにいなさい。献上しにいくだけなのだから、翔啓ひとりでじゅうぶんだ」

羨光はがっくりと肩を落としている。去っていく父親の背中を恨めしそうに見ていた。

「羨光、ありがとう。俺は大丈夫だから」

「翔啓兄と一緒に、兄上の役に立ちたかったのに」

「十分役に立っていると思うぞ。元気だせよな。土産を買ってくるから」

はぁいと元気のない返事をして、羨光と光鈴も部屋を出て行った。

舞光の手当てが済んだ頃、竈の火の騒ぎも収まっていた。

翔啓は雪葉とともに舞光につき添った。舞光は眠ったままだったけれど、いくらか顔色が戻ったようだった。翔啓は何度かうつらうつらしたが、雪葉は変わらずに起きていた。眠気を飛ばそうと、翔啓は静かに舞光の部屋を出る。

もうすぐ夜が明ける。稜線が朝と夜の境目のように、光をあたりにまき散らしている。あのように空気が澄んでいるのならば、今日の昼間は暖かいかもしれない。

翔啓は自分の息がかすかに白くなり、流彩谷の空に溶けてゆくのをじっと見送った。

「……はい」

舞光が目を覚まさなければ、薬草の説明を受けられない。だとすると困る。銀葉か雪葉から聞けばいいのだろうか。

「若様……」

戸の向こうから雪葉の声が聞こえた。急いで部屋に戻ると、舞光が雪葉に支えられて体を起こすところだった。

「舞光」

駆け寄りたいのを堪えて、静かに舞光のそばへいく。

「気がついたのか、よかった……！」

「すまない。翔啓……」

「いいんだ。舞光が疲れているとわかっていながら無理を止めなかった俺のせいだね」

真っ青だった顔色もいくぶんよくなっている。座椅子に畳んで置いてあった衣を舞光の肩にかけてやる。

「体を冷やしてはだめだよ、兄上」

「そうですよ。若様、無理をしてはいけませんよ」

大丈夫だ、と言いながら舞光は体を起こす。背中に枕を置いてやると、寄りかかって「情けないな」と弱々しく笑った。

ふと、ぞっとする。

うららかな日の光を吸い込んだかのように麗しく、常に羨望の的となる沁氏の若君が、こんな風に光を弱めてしまうなんて。

俺のせいだ。そう思うと指先が急激に冷えていく。

「……翔啓、どうして泣く」

無意識に流れた涙も恥ずかしかった。

「なにも考えなかったわけじゃないんだ。邪魔しちゃ悪いと思って……舞光の志を尊重したかったから。でも、倒れるなんて思わなくて。無理をしないでとひとこと声をかければよかったよ」

ごめん、という声がかすれた。情けなかった。

「お前が悪いわけじゃない。父上になにか言われたのか?」

「そうじゃないけど」

「なんだ、子供みたいだな。こっちに来なさい」

手招きをした舞光に近寄って、寝台に腰かける。涙を拭いてくれる手は冷たい。

「こんなことで泣くんじゃない。大丈夫だ」

転んで痛くて泣いたり、父と母が恋しくなったりしたときも、こんな風に慰めてくれたのは舞光だ。兄の冷たい指を温めてやりたくて握ったけれど、その役目は自分ではないと感じる。

「宗主が教えてくれたんだが、調合の終わっているものがあるのだろう？　悠永城に献上できるものを教えてくれ。俺が届ける」

「お前が？　それは父上の指示か？」

「それもあるけれど、舞光に無理はさせられない」

「もしかして、叱られたのか？」

「違うよ。やらなければならないことだからだ。だから説明と、届けるものを教えてほしい」

「そうか。それなら……」

身を乗り出そうとした舞光の胸を、そっと止めたのは雪葉だ。

「若様は説明を。私が書きつけます。翔啓様はそれをお持ちになればよろしいのでは？」

「荷造りは羨光に手伝ってもらいなさい」

「わかった。そうする。舞光が目覚めたことは伝えるよ。あいつら泣きべそをかいていた。ここへ来たら騒がしくするかもしれないから、雪葉先生が叱ってやってくれ」

「ふふ。わかりました。書きつけが終わったらお届けします。あと、翔啓様が真っ先に泣きべそをかいたことは黙っておきますね」

「雪葉先生……！」

三人で笑ったのだが、舞光が咳きこむ。苦しそうな舞光の姿に、胸が握り潰されるようにきしんだ。雪葉の白い手が舞光の背中をさする。

「さ、若様。無理をしてはいけません。説明は横になってなさって。薬を飲んだら休んでください」

「雪葉……ありがとう」

「もう。知らせを受けたときは心臓が止まるかと思いました」

ふたりは手を握りあっている。じろじろと見るわけにもいかないし、話は終わった。これ以上ここにいられない。

「じ、じゃあ俺は準備をするよ」

「ああ。気をつけて」

舞光の声を背中に受けながら、翔啓はそそくさと部屋をあとにした。

夜の気配はすっかり姿を消し、朝日が流彩谷を照らしている。翔啓は羨光に手伝ってもらい出発の準備をはじめた。「僕も行きたい」と羨光はしばらくぼやいていた。しかし、舞光が元気になったら三人で瑠璃泉の岩場に出かけようと提案したら、持って行く菓子で悩み始めたから笑いが止まらなかった。

ほどなくして、翔啓のもとに雪葉がやってきた。

「舞光は休んだんですか？」

「はい」

「そうですか。よかった」

「真面目お方なので、いつまでも気がかりなことをあれこれと話しておられましたが……なんとか宥めてやっと眠ったところです。まだ安静が必要ですから」

舞光の部屋のほうを見る。本人の性格からしてゆっくり寝てなどいられないのだろうが、大人しく静養してもらわないと困る。

「つき添いは光鈴様と替わってもらい、私は先ほど若様の作業部屋へ行ってまいりました。さ、これが薬草の書きつけ、それと若様から指示された薬を包んで参りました」

巻物と、絹布にくるまれたこぶし大の包みを渡された。包みを開けてみると、手のひらに載るくらいの螺鈿細工の小箱だった。

「この中に薬草が？」

「そうです。あとは瑠璃泉のかめをひとつ」

雪葉が「あれです」と指さした方向では、赤茶色のかめをひとつ、使用人が荷馬車に積もうとしていた。

「献上の札を貼ってあるのでお間違えのなきよう」

「わかりました。雪葉先生、ありがとうございます」

「とんでもございません。私は夜まで若様のご様子を見てから屋敷へ薬を取りに帰ります」

雪葉は風に触れた鬢の毛をそっと耳にかけている。ほっとしたのか、ここへ来たときよりは表情が柔らかい気がする。

「雪葉先生」

「はい？」

「その、兄上のことをよろしく頼みます」

「もちろんです」

「うん……ずっとです。これから先ずっと」

「……翔啓様？」

翔啓の言葉の意図を探るような視線が投げかけられる。

「舞光には、あなたが必要だから」

静かに育まれているふたりの関係をそっと見守りたい。いまはこんな風にしか言えないが、伝わると信じたい。

「……若様のためですもの、できる限りのことをさせていただきます。私でお役に立つのなら」

そう言って、雪葉は恥ずかしそうに微笑んだ。

これがいまのふたりの愛だというのなら、指のあいだから逃げないよう守ってほしい。木漏れ日のような舞光の気持ちが、雪葉の心に降る迷いを溶かす日が早く訪れるようにと祈るばかりだ。

失礼しますと立ち去る雪葉の細い背中を見送って、翔啓は馬車に乗り込んだ。

屋敷の門前では羨光が、笑顔で手を振ってくれていた。

数日前に舞光とふたりで通った流彩谷の道は、ひとりだからか味気ないものに感じた。為すべきことのために目的地へ向かうのだが、やはり後ろ髪引かれる。本心をいえば、舞光のそばにいたかった。そんな翔啓の気持ちとは裏腹に、御者は軽快に馬を走らせる。

先に文を送らせたから、翔啓ひとりが行くことは悠永城侍医殿に伝わっているはず。追い返されたりはしないと思うけど。

他者を圧倒するような威厳ある舞元や、柔らかな佇まいの中に人を惹きつける魅力のある舞光とは違う。なんだか不安になってきてしまった。

自分を他人と比べてこんな気持ちになってりゃ、世話ないな。

とにかく自分のすべきことを終わらせて、流彩谷へ帰る。戻ってからの酒は格別に美味かろう。あれこれと酒のつまみを思い浮かべていると、眠気が襲ってくる。

ゴツンと頭を打ちつけた衝撃で、翔啓は目が覚めた。

「……寝ちまった」

どこでも寝られるのは才能だと舞光に笑われているのだが、こんな時でも眠ってしまうとは。昨夜の寝不足が祟ったか、強烈な眠気と戦った末に負けた。どうやら馬車は止まったようで、凝り固まった肩と首を捻っていると、御者が馬車の扉を叩いた。

「若様」

呼ばれたので、翔啓は物見から外を見る。高い壁で囲われた道だったので、以前と同じく東門なのかと思った。

「着いたの？　……あれ」

御者の前に、灰色の衣の男ひとりと警備兵が数人並んでこっちを見ている。灰色の衣は侍医のひとりだ。

「沁の若君。我々と参りましょう」

侍医殿の者の顔は崔のことしか覚えていないが、姿はなかった。ここがどこかはいいとして、言われたとおりにしなければ。翔啓は急いで馬車を降りる。

「翔啓です。今日は舞光の代理で参りました」

「伺っております。こちらへ」

出迎えつきか、と思ったが、なんだか連行されている気がしてきた。

そりゃ、舞光ではないのだから当たり前か。

御者が「若様、私はここでお帰りをお待ちします」と言ったので手を振って応えた。

悠永城の下働きの者たちが馬車から荷を運んでくれている。手押しの荷車に載せられたかめを確認して、翔啓は歩き出した。

舞光と一緒に来た時に馬車を降りた場所と違う。見あげても壁に沿って切り取られたような青空が見えるだけ。鎧姿の警備兵もそこかしこにおり、動かずにいるから石像に思えてくる。

長いこと歩かされて、壁で囲まれた通路が大きな鉄製の扉に行き当たる。地鳴りのような音を立てて扉が開くと、目の前に見覚えのある建物があった。

「侍医殿の裏に出たのか。本当にここは迷路みたいですねぇ」

思わずそう言うと、前を歩く痩せて背の低い侍医が睨んできた。

……怖い。

迷路といえば、静羽と出会った隠し通路みたいなのがあるわけで、悠永城の門が敷地内のどこに通じているかなんて図面でもなければわからない。

静羽はきっと熟知しているのだろうな。でなければ、悠永城敷地内をあちこち移動できるはずがない。

当たり前か。彼は皇后の剣だ。

また会いにくるなんて言ってしまったけれど、今日は無理だろうな。これでは隠し通路への扉まで行くことは叶わない。きっと帰りも馬車までこんな風に連行されて、さよならだ。

侍医殿の階段を、痩せ侍医とかめを抱えた使用人と一緒に登る。途中、例の壁のほうを眺めてみると工事中なのか足場がかかっている。なんだろう。見に行ってみたいが、いまは無理だ。侍医殿に入ると、出払っているのか人気がなかった。ともあれ、預かってきたものを無事に届けることができた。あとは帰るだけだ。

「崔殿は？　いらっしゃらないのですか？」

痩せ侍医に聞いてみると、話しかけるなとでも言いたそうな視線を投げかけてくる。そんな顔をしなくてもいいだろう。

「ご挨拶をしたかったのですが」

「……崔侍医長はお忙しいのです」

簡単に会えると思うな、とでも続けたいのかもしれない。皇太子の薬を届けたのに、侍医長である崔がいないなんてと思ってしまうのだが。確認しなくていいのだろうか。

「そうですか……ではこちらをお渡し願えますか？　用法容量などの書きつけです。舞光と沁氏の医者から預かりました」

雪葉がくれた巻物を懐から取りだして、痩せ侍医に差し出す。この時ばかりは目つきが違ったが、また不機嫌そうに眉間に皺を寄せる。

「……しかと受け取りました」

「よろしく頼みます」

翔啓から奪うようにして巻物を受け取った痩せ侍医は、その場を立ち去ろうとした。

「ちょっとお待ちを。皇太子殿下のご様子はいかがです？」

「……なんだと」

「崔殿に聞きたいところですが、おられませんから。うちの薬と瑠璃泉が効かないとなるとどんな病なのかと思いまして」

「部外者に話すわけにはいかない」

「殿下は腹を痛めていると」

「おい、沁の若君はおかえりだ」

来た時と同じように数人の警備兵に囲まれる。まるで不法侵入者の扱いだ。舞光じゃないから教えてくれないだけだろ。あからさまに邪険にしなくてもいいのに。しかし、こんな対応なら食い下がっても仕方がない。崔がいたらまた違ったのかもしれないけれど。

翔啓は半ば呆れながら、警備兵たちに促されて侍医殿を出る。階段を降りようとしたところで「お待ちを」と声をかけられた。侍医長の崔だった。

「崔殿！」

やっと顔見知りに会えたと思わず駆け寄ってしまう。すると警備兵の目つきが更に険しくなる。

さっきから、どうしてこんなに警戒されているのだろう。なんだかおかしい。

「翔啓の若君、不在にして申し訳ない。皇太子殿下の薬を届けてくださってありがとうございます」

「無事にお届けできてよかったです。もう帰るところです」

「か、お帰りになるですと！　待たれよ！」

崔は焦った様子で、翔啓の袖を引っ張って侍医殿へ引き入れた。白髪で小柄な老人が急に機敏に動いたので驚いてしまう。

「な、なんですか？」

「若君、ちょっと屈んでくださらぬか。届かぬっ」

崔は耳打ちをしようと……翔啓より頭ふたつぶんほど背が低いために、背伸びに失敗してよろめいた。腕をつかんで支えてやる。

「崔殿、お気をつけて」

「申し訳ない。ことに翔啓の若君！　悠永城からは出られませんぞ」

「出られないですって？　どういうことですか？」

「非常事態なのです！」

崔の目は血走っている。余程のことがあるに違いない。

「ここだけの話ですが……皇太子殿下がいなくなったのです」

「なんですって、いなくなった？」

「しっ！　声が大きいですよ！」

人差し指を口の前に立て唾を飛ばす崔の声のほうが大きい。

「どうしてそんな。殿下には皇后陛下がおそばにいらっしゃったのではないのですか？」

そうなのですが、と崔は白髭をぐいっと引っ張りながら唸る。

「ううむ。ちょっと目を離した隙に、とのことらしく」

「まったくおひとりにはならないのでは？　皇后陛下の寝所には宮女がいるでしょう」

「殿下がお口直しの甘味をご所望になったらしく、お付きの宮女が取りに行くために席を外したそうです」

だとしても、もっと大勢の者がそばに控えているだろう。部屋から霧のように突然消えるわけはない。

「まさか。攫われたんですかね？」

崔が白目をむいてしまった。失言だったようだ。

「冗談です。だってもう城門を塞いでいるのですよね。だったら出られないでしょう。便所にでも閉じこもっているのではないですか？」

「若君も冗談がすぎます！　そこは探させましたが見つからないので、後宮では大騒ぎです。殿下の姿が見えないと知り皇后陛下は卒倒されるし、陛下はまだご存じないですが、状況によりお伝えしなくてはなりません」

「大変なことになっているのですね。よって、俺はここから出られないと」

「そうです。もう全門塞いでありますゆえ鼠一匹通れません……皆必死になって捜索中なのです」

なんてこった。大体皇太子の顔も知らないし、薬を届けに来ただけでまったく自分は無関係なのに。

「出られないとなると困りましたね」

「お怒りごもっとも。何卒ご了承くだされ。皇太子殿下のご無事が確認できればお帰りいただけるのでっ」

「怒ってはいません。大丈夫です」

崔が悪いわけではないので責めはしないし、逆に不憫になってくる。

「崔殿、流彩谷に文を届けたいのですが、可能ですか？」

「文ですか？　皇太子殿下のことは内密にですぞ！」

「わかっています。そこには触れません。しかし、帰りが遅れることを伝えなくてはなりません」

それもそうだと呟いた崔は、近くをとおった弟子らしき医者を呼んで文箱を持ってこさせた。

「こちらでどうぞ。翔啓殿は城の者ではないので、あの、申し訳ないが……」

崔が言いにくそうにしているので、察してやる。

「承知していますよ、中身をあらためたいのですよね？　崔殿も立場がおありでしょうから」

「申し訳ございませんな」

仕方がない。翔啓は早速「予定が変わり流彩谷へ戻るのが数日遅れるが、心配いらない」とだけ綴り、崔へ見せた。

「ご確認を」

崔は何度も読み紙を裏返したり指先でこすったりしたあと、文を届けてもらうように弟子に頼んでくれた。ずいぶんと疑い深い。

「それで、俺は馬車にでも寝ていればいいですかね？　封鎖が解かれたら起こしにきてください」

「いくらなんでもそれは……侍医殿に続きの屋敷がありますので、そこに滞在を。弟子たちが暮らしておる所です」

隠し通路へたどり着くあいだに見た建物のことだ。弟子たちの寝所だったのか。

崔と彼の弟子たちによって、翔啓はひとつの部屋に案内された。さすがに見ず知らずの弟子たちと一緒に過ごすのは嫌だなと思っていたが、杞憂(きゆう)に終わる。屋敷の自室よりは狭いが、特に気にはならない。

「翔啓の若君。こちらで過ごしてくだされ。あとは弟子たちに言いつけてください」

「ありがとうございます。崔殿、感謝します」

「申し訳ないが、私は失礼する」

去っていく崔の小さな後ろ姿を、ふたりの弟子とともに見送った。弟子は太っているほうが参良(さんりょう)、痩せているほうが弐情(にじょう)といった。

「誰も使っていない部屋でして、いま寝具をお持ちしますので」

「力仕事は参良へ、それ以外は僕、弐情へお申しつけください」

参良は額にかいた汗を手で拭って「失礼します」と礼をし、のっしのっしと廊下を歩いていった。

弐情に促されて部屋に入って扉を閉める。

「参良が寝具を持って戻りましたら我々は失礼いたしますが、部屋の前の廊下を右に進むと突き当りに大部屋があります。僕はそこにおりますので御用の際にはお声がけください」

「ありがとう。弐情殿、早速頼みがあるんですが」

「はい。なんでしょうか？」

翔啓はわざとふらつきながら、腹に手を当てる。

「俺、実は腹が減ってたまらなくてね……」

馬車では眠ってしまったし、悠永城に到着したのは昼なのにもう日が暮れる。なにも口にしていないから耐えがたい空腹を覚えているのだ。翔啓の申し出に、弐情は慌てた様子で言った。

「気づきませんで、申し訳ございません」

「いやいや、こちらこそ申し訳ない」

「我々専用の台所があるので、すぐに食事をご用意します」

弐情は部屋を出て行った。

ということは温かい食事にありつけるということか。それは嬉しい。侍医弟子の作るもので宮廷料理ではないが、ここは悠永城。いい食材を使っているに決まっている。

ちょっと酒も飲めると嬉しいな。

ひとりになった部屋で盛大にため息をつく。束の間食事を楽しむとしよう。任務を終えたら流彩谷へ戻ってゆっくりしよう。

翔啓は部屋の真ん中にごろんと寝転んだ。参良は部屋に明かりを灯し、香を焚いていってくれた。翔啓は香に詳しくはないけれど、屋敷で漂うものとまた違い、これも上等なものだとわかった。

その香のせいなのかうとうとし始め、眠気に耐えられなくなった。腕を枕にしてすっかり眠る姿勢になる。弐情が来たら起こしてくれるだろう。

第三章　流れ彩る谷

翔啓は夢を見ていた。

なにかから逃げている。追われている。

逃げろ、もっと遠くまで走ろう。息があがって苦しい。

川が見えてきて、あそこから船を渡して逃げるんだ。そうだ、手を繋いでいたはずだった。

「翔啓！」

名を呼ばれて振り向くと、美しい少年の表情が歪む。結った黒髪も凜とした瞳もぜんぶ雨に濡れている。濡れているのに瞳だけがまるで燃えているようだ。悲しみの炎。

炎が自分の体に燃え移って消せない。たくさん叫ぶのに火は消えない。目の前が真っ赤に染まった。

瞼をとおす光に覚醒を促され、夢の中の面影は朧な霧となっていく。

翔啓は目をこすりながら体を起こした。

「……なんだ、いまの」

夢は少し切なさの余韻を残していった。

視界がぼやけると思ったら、夢の中の少年と同じように自分も涙を流していた。涙がポロポロととめどなく溢れる。苦しくて悲しくて、叫びだしそうだ。夢を見て泣くなんて格好悪い。

そのとき急に右胸の傷痕がちくりと痛んだ。古傷が痛むなんてと着物に腕を突っ込んで胸に手を当ててみると、ぬるりと指が滑った。見てみると、信じがたい光景が目に飛び込んできた。

「え……？」

傷痕に血が滲んでいたのだ。

「あ……え、なんだ……これ」

いままさに切られたかのように、新しい血が噴き出して、着ていた衣がみるみる汚れていく。あまりに恐ろしくて血の気が引いていった。

とっくの昔に塞がった傷から出血するなんてことがあるのだろうか。翔啓は起きあがり、上半身の衣を脱ぎ部屋にあった小さな鏡の前に立つ。胸の血を手で拭ってみると、出血するような傷はない。傷はないのにチクチクと痛い。不気味で、自分の体がどうにかなってしまったのかと焦る。病気？　傷もないのに血を流すなんて聞いたことがない。あったとしたら奇病だ。もしくは呪い？　悠永城でふざけたからか？　迷い込んだ後宮の呪いだろうか。いや、迷い込んだというか忍び込んだというか。

「後宮の……？」

ふとなにかが頭の中で重なる。

夢で見た少年の瞳が炎のように赤かったからだ。静羽の瞳と同じだ。

「若君、弐情ですが」

引き戸の向こうから呼ばれた。この汚れた服をどうしたらいいのだろう。

「は、はい。ちょっと……」

「開けますね。皆で食事をしませんかということになりまして――」

衣を脱いだらいいのか着たらいいのかもたもたしているうちに、部屋の戸が開けられ、弐情が目を大きく見開いていた。

「うわあああ！」

両手をあげて弐情は叫ぶ。驚くのも無理はない。翔啓の胸は血だらけなのだから。

「いや、待って！　違うんだ！」

「翔啓の若君が！　お怪我を！　死んじゃう！」

「死なないってばー！」

「ご安心を、我々はこう見えても侍医殿の弟子！　いまお助けいたします！　あっなにをなさいますかっ放してくださいっ」

部屋から駆けだそうとした弐情を羽交い絞めにして、なんとかとどまってもらう。

「弐情殿、落ち着いて。違うんだ、これはねあの……そう、鼻血だから！」

痩せている弐情は細い腕をばたつかせていたが、ぴたりと動きを止める。

「鼻血？」

「そう。ちょっと俺、鼻が弱くってね。あれだ、鼻くそをほじっていたら右の鼻の穴からどばっと出血しちゃって」

「な……だって胸のところが血だらけですが」

小指を鼻の穴に突っ込んで説明をする。鼻血は止まったから安心して、というと弐情は腑に落ちないような表情だった。

「ほら、別に右胸に血が出るような傷はないだろう？」

「まぁ、たしかに」

「鼻血だから。心配しないで。着替えだけ貸してほしいなぁ」

腹が減っただの衣を汚したから着替えが欲しいだの、注文が多くて申し訳ないなと思ったが、弐情は「お困りですよね」と快く着替えを用意してくれた。ただ、用意してくれたのは侍医殿の灰色の制服だった。

「ううん……これか」

ちっとも粋じゃないが仕方がない。青色の上着は脱いでいたから汚れずに済んだ。灰色の衣のうえに羽織ると、いくらか好みの装いに近づく。

ひとまずはこれでいい。血のついた衣は洗濯をしてくれるというので甘えることにする。

「さ、飯食ってこよ」

古傷の痛みはもうない。出血もしていない。

深く考えてもわからないことはわからないので、ひとまず今夜は悠永城侍医殿の食事と酒で過ごすとしよう。

涼花から後宮の壁の補修工事をしていると聞いたので、嵐静は早朝、こっそり様子を見にいった。多少の騒ぎにはなったがぼやで済み延焼はしなかったこと、ただ石の表面を焦がしただけで済み、外装の塗料を施しているようだった。早朝だからか、工事現場には誰の姿もなかった。

後宮を囲む壁は嵐静の身長の五倍はあるような高さだ。夜中に少し雨が降ったのか、壁の頂上までかけられた足場がかすかに濡れている。見あげると壁に切り取られたような青空が広がっている。今朝もよく晴れている。壁の確認を済ませたので、嵐静は長紅殿へ戻ろうと壁に背を向けた。

頭上からなにか音がして、嵐静は反射的に見あげる。

夜空が降ってきた。

そんなわけがないけれど、青空を破って夜空が嵐静のうえに降ったのかと思った。次に体に加わる衝撃と重さ。天地がひっくり返り、気づけば地面に転がっていた。うっかりしていたとはいえ、これが賊ならば首を掻き斬られる。受身を取り損ねて背中が痛い。

しかも腹の上に誰かが乗っているから、思わず呻いた。

「う……！」

「やぁ、静羽」

聞き覚えのある男の声が降ってくる。見ればにっこりと笑う翔啓だった。青い衣が夜空に見えたようだと気づき、惚けるのもいい加減にしろと歯を食いしばる。

「な……！　なぜここにいる！」

「通路がわからなくなっちゃってさぁ。なんとかこの壁を乗り越えられるかなって」

「は？　乗り越えた？」

なんのために通路を塞いだのだろう。この高い壁を乗り越えてくるなんて常識外れだ。もっと厳重に強固にするため工法を見直すべきだと、城の建築設備部に伝えなければ。

「足場があったからな。上から見たらあんたを見つけた。足を滑らせちゃって……助かったよ。受け止めてくれてありがとう」

「受け止めているように見えるのか？　下敷きになっただけだ」

「そうだね、ごめん。怪我ない？」

この男の奇行、理解できない。見つかったらただでは済まない。

「なにを考えている？　こんなことをして……殺されるぞ。死にたいのか！」

「死にたくはないさ。本当は俺のこと始末するのがあんたの仕事だもんな。でもそうしない。あんた意外に優しいよね」

「なにを暢気に……！」

「誰かに見つかりそうになっても静羽がなんとかしてくれるだろう？　あんたがいるから安心してる」

悪びれずに笑う翔啓に腹が立ち、言葉を返せない。こんなに乱暴な手段を取ってまで後宮に入るなんて、どうかしている。

どうしてこんな風に育った？　沁氏はどういう教育をしたのか。教えに進入禁止の場所に無断で入っていいとあるのか？

「後宮に不法侵入は死罪だとあれほど！」

「静羽がいれば俺は大丈夫」

「その根拠のない自信はなんだ。なぜ私がきみを……どけ！　いつまで乗っている！」

翔啓を突き飛ばすように避けて、嵐静は立ちあがる。転んだ場所に消し炭があったらしく、若草色の衣が汚れてしまった。

「……わぁ、ごめん」

「最低だ」

舌打ちをして、ずれた仮面も直す。振り向いて、きつく注意をしようと思ったその時、自分と翔啓以外の気配に気づき、へらへらする翔啓の口を手で塞いだ。

「しっ」

誰かが来る。視線だけでそう伝えると、翔啓も耳をすませているようだ。

「ねぇ、話し声が聞こえなかった？」

「誰かいるのかしら」

どこかの宮女だ。見つかってはまずい。いますぐここを立ち去りたいが、翔啓を残していくわけにはいかない。彼の口から手を外すと、喋るなという意味で人差し指を唇の前に立てる。

頷く翔啓の手をつかむと、嵐静は壁のそばを離れて建物の陰に隠れた。

仕方がない。翔啓を隠せる場所なんてひとつしか知らない。

「一緒にこい」

平気で人の命に剣を突き立てるくせに、毒婦の言うことをただ聞く傀儡のくせに。

この感覚が苦しい。突然の過去との邂逅で、目の前が霞んだようになる。嵐静は翔啓を連れて必死に走った。

朝餉の支度の匂いが漂っている。皆、妃たちの食事の準備に追われている時間帯だ。

嵐静は喉を潤そうと茶碗（ちゃわん）に茶を注（つ）いで、飲もうとしてやめた。黙って茶碗を翔啓へ差し出すと、意外そうな目をして受け取った。

「なんだその顔は」

「……いや、なんでもない。ありがとう」

嬉しそうに翔啓は茶を飲んだ。嵐静も別な茶碗に茶を注いで喉を潤す。客人があるわけでもない静羽に、皇后が集めて飽きた茶器を押しつけてくる。茶碗には困らない。

「静羽。ここどこだ？」

「私の部屋だ」

「へぇ……窓がないんだな」

「別に不自由はない」

「天気がわからないじゃないか。どうするの？」

拍子抜けするような問いに答える気にならない。翔啓は座椅子に腰をおろして、茶壺から勝手に茶を注いで飲んでいる。

「どうして立ったままなんだ？　座ったら？」

私の部屋なのだが。

翔啓の向かいに座らずに寝台へ腰を掛ける。しばらくしたら後宮敷地から出さなくては。自分に怪力があったならば、翔啓を壁の向こうに放り投げたいくらいだ。別な通路を渡してやるしかない。

「助けてくれてありがとう。迷惑かけちゃったな」

「本当に迷惑だ」

「あっそうだ。これ、返す」

翔啓が懐から取りだしたのは預かるといって持ち去った嵐静の短剣だった。

「約束だからな。また会えてよかったよ」

会う前に殺されなくてよかったなと言いたかったが、黙って短剣を受け取って腰帯に挿した。

「何度言ったらわかる。後宮へ勝手に立ち入れば死罪だと、知らないわけではないだろう」

「何度もあんたが言うし、それにもちろん知らないわけじゃないよ」

「首が飛ぶんだぞ。沁氏に恥をかかせるのか？　己の用心が足りないし警戒心のなさも命取りだろう。よくそんな風に落ち着いて悠長に茶など飲んでいられるな。私がいなかったらきっと――」

責められてぐうの音も出ないのか、翔啓は肩を落とす。一応反省はしているのだろうか。

「自由にするのは流彩谷だけにしておけ」

「ごめんって」

「そもそもどうしてここにいるのだ？　しかもこんな早朝に……」

迷い込んだ翔啓を助けたあの日から数日しか経っていないし、しかもいま外部と通じる門は封じられているはずなのに。

「昨日、流彩谷の薬を持って来たんだよ。皇太子殿下のために。でも、殿下が行方不明で大騒ぎなんだって？」

「知っているのか」

「侍医殿にいたから崔侍医長から聞いた」

「もしかして、帰る前に城門封鎖されてしまったのか？」

あたり、と翔啓は指を鳴らす。

「最初からそう説明すればいい。まどろっこしい」

「静羽ってば、そう怒るなって。……で、昨日は弟子らの寝所で仮の宿を得たわけ。温かい食事と悠永城の酒も少しいただいて。あ、着替えもね」

非常事態で城門封鎖に遭い帰れなくなったというのに、酒を飲んでいたというのか。着替えは侍医殿の者たちが着ている灰色の制服だ。おおかた酒を零して汚したのだろう。

「考えられない……」

「よく寝たし、早朝の散歩と思ってぶらぶらしてたんだけど、あの隠し通路への扉を探したら見つからないし、なんだか壁の工事をしていただろう？　足場を登って上までいってみたわけ」

「後宮を囲む壁だとわかっていて越えてくるほうが、常軌を逸しているのだが」

「あのね、頂上まで足場を組んだら子供だって行けるぞ、あんなの。作業途中だったのなら、行けないようになにか方法を考えないとだめだろ。注意したほうがいい」

「足場を伝ってきた？」

そういうことか。たしかに足場は壁の頂上まで組んであり、作業をしておらずに無人状態だった。気がつかなかったから翔啓を責められないのかもしれない。

「ちょっと身軽だったら越えられるだろ、あんなの」

「だったら落ちてくるな」

死罪に値することであっても、この男にとってはあまり当てはまらないのかもしれない。嵐静は頭を抱えた。

「俺がいくら美男子で身軽で武芸に長けていても、あんな高い壁をなにも道具を使わずに己の体ひとつで飛び越えられるわけがないだろう？」

「そんなことは聞いていない。特に前半」

「……まぁ、だから足場あったら越えられるじゃないかーって思って。そしたらあんたを見つけた。呼ぼうとしたら、足を滑らせて落ちた」

「馬鹿か」

「馬鹿ってなんだよ！」

「いや待て……足場か」

文句を垂れる翔啓を無視し、今朝の工事現場を思い出す。雨に濡れた足場、誰もいない工事現場、そして行方不明の皇太子。

「翔啓、さっきなんと言った？」

「さっき？　俺が美男子でってことか？」

「そこは興味がない。むしろどうでもいい。うるさい黙れ」

「ちょっと……静羽ちゃん……」

「その前だ。乗り越えて来たんだろう？　そうか」

「ああ、子供でも？　もしかして、皇太子殿下……！」

寝台から立ちあがり部屋の入口に向かおうとして、翔啓に腕をつかまれる。

「あそこに戻るのか？　俺が乗り越えた時は誰もいなかったぞ？　それに殿下は体調が悪いんだろう？　どうしてあの足場にいくと思うんだ」

「きみの言うとおりだが、万が一のことがある。確認をしてこなければ。杞憂に終わればそれでいい」

「じゃあ俺も一緒にいくよ」

ここにいろと窘めようとしてやめた。ここで皇后か涼花に鉢合わせでもしたらそれこそ厄介だ。

置いていって皇后に見つかったら確実に殺される。嵐静は背筋が寒くなる想像を振り払った。

「……私から離れるな」

はいはーいと軽い返事が後ろから聞こえる。

壁の工事現場へ向かいながら、皇太子がいなくなったときの騒ぎを思い返す。目を離した隙に、と宮女たちはいうが、体調不良で寝込んでいたのに自らいなくなることはないと思う。だとすれば攫われた可能性がでてくるが、後宮の者が皇太子を誘拐したのだろうか。それか、外部の者が？　別な隠し通路が使われたのか、それともあの足場のせいか。

「皇太子誘拐の線があるのなら、やっぱり跡目争いなんだろう？」

　誘拐だとしたらなんのために、という疑問には翔啓も同じことを考えていたようで嵐静も同意した。

「もし城から出ていたとしたら追うのが大変じゃないか？」

「誘拐でないといいのだが」

「かくれんぼでもして遊んでるうちに、どっか壁のあいだに挟まって出られなくなってるんじゃないの？」

「きみじゃあるまいし、そんなことをするわけがない」

　嫌味を言ったのだが聞いていない様子で「跡目争いねぇ」と漏らした。

「陛下には皇太子以外に子がいない。病弱で臥せっておられるし、ほかの妃にはここ数年お渡りがない。無論、皇后にもだ」

「そりゃ厄介だな。病弱な皇帝がこのまま政（まつりごと）を続けられるわけがないと誰もが思うだろう。補佐が必要だ。それは十歳の子供ではなく、大人でなければいけないな」

「そうだな」

「敵が多すぎてめまいがするねぇ」

まったく関係ないくせに神妙な顔をしている翔啓に、こんな時なのに思わず目を細めてしまう。仮面をしていて助かった。

とにかくなにもわからないのだから、気になることをひとつずつ潰していかねば。工事現場まで戻ってくると、やはり誰もいない。今日は作業がないのだろうか。

「俺がいって見てくる」

「待て、私がいく。きみだとまた足を滑らせて落ちるかもしれない。きっと落ちる。それは困る」

「……たしかに」

「あの生垣の裏に隠れていてくれ。出てくるな」

「わかったって。静羽こそ気をつけてね」

「しゃべるな。大人しく呼吸だけしていろ」

「あんた本当に俺のことなんだと思ってるの、静羽！」

文句を言いながら、翔啓は生垣に身を隠しにいった朝餉の時間が終われば人が外に出てきて、自分たちが目撃される確率も高くなる。足場に手をかけると、さきほどよりは乾いていた。早く頂上まで登って確認を済ませなくては。いなければそれでいいのだから。

嵐静は深く息を吸い込むと、一気に頂上まで足場を登った。頭上には澄んだ青空、気持ちのいい風が頰に触れるが、それとは裏腹に緊張感と不安が心に渦巻く。壁の頂上は人がひとり通れるような幅で、膝ほどまでの溝になっている。この溝は通路などではなく、ところどころに水はけ用の穴があるが、油を使って侵入を防ぐ役目もあるのだとか。油を流せば滑って足を取られるし、火を放てば炎の壁になる。とはいえ、翔啓が簡単に越えてきてしまったので役に立っていないと思われる。

姿勢を低くして溝に隠れた。さすがに体全部は無理だが、立っているよりは目立たない。右手に後宮、前方にはとくに怪しいものは見当たらなかった。嵐静はいったん立ちあがって後ろを向き、再び姿勢を低くした。すると、少し先にまるで溝にはまるようになにかが見え、すっと血の気が引いた。足をこちらに向けて倒れている皇子の服を纏った少年だったから。

「殿下……！」

まさかとは思ったが、どうしてこんなところにいるのだろう？　不安が的中してしまい、舌打ちをする。這いながら近寄って顔を確認すると、間違いなく皇太子の智玄だった。頰を突いてみても目を開けないのでまさかと思うが、ここで手当てをするわけにはいかない。とにかく下に降ろさなくては。腕を取って智玄を背負うと、後宮側の足場に手をかけた。しかし、気を失っている子供の腕は、嵐静の肩からずり落ちてしまう。急いで腰帯を解き、その帯で智玄の体を括って、自分の背中にがっちりと固定した。これでなんとかもたせたい。下を見ると、翔啓が手を振っている。

「翔啓……隠れていろといったのに！」

なにをしているのか。注意をしたくてもここから大声を出すわけにいかない。仕方がない。いまは智玄を助けることが先決だ。足場同士を繋ぐ梯子を慎重に降りながら、どうか近くに誰もいないようにと願う。下まで降りたらとにかく自室まで智玄を運びたかった。翔啓も一緒だから真っ直ぐに皇后のところへ行くわけにはいかなかった。

「う……ん」

背中の智玄がもぞもぞと動く。嵐静は少しほっとした。

「殿下、気がつかれましたか。いま下まで参りますので」

安心させようと優しく声をかける。すると、背中で「ひっ」と悲鳴が聞こえた。

「う……わ。高い！　怖い！」

自分の身になにが起こっているのか理解できなかったようで、背負われて高所にいることに驚いて手足をばたつかせた。嵐静は踏ん張ろうとして両腕両足に力を入れた。

冗談じゃない。ここで落としたら大変なことになる。

「で、殿下！　じっとなさいませっ」

「なんだ、お前は！　なにをしている！　私を降ろせ！」

背中を拳でどんどんと叩かれて、おまけに足をじたばたと動かすので嵐静は面食らう。次の瞬間、ふたりぶんの重さに耐えかねたのか足場がバキッと音を立てた。

嘘だろう？　なぜもっと頑丈に作っておかない？

寒気にも似た、腹の底がふっと浮かぶような感覚を連れて嵐静は背中から落ちていった。遠くなる青空から目を逸らし、なんとか空中で体の向きを変えた。

絶対に智玄を下にして落ちるわけにはいかない。

「静羽！」

両手を広げている翔啓と目が合う。

「よせ、どけろ！」

馬鹿なのか？　ふたりぶんの体を受け止められるわけがない。

嵐静は翔啓の表情に思わずぎゅっと目を閉じた。彼が微笑んでいたからだ。

蛙が踏みつぶされるような声が聞こえ、嵐静と智玄は翔啓の上に落ちた。多少の衝撃はあったものの体の痛みは少なかった。嵐静が目を開けると、目の前に翔啓の顔があった。

「なんて無茶するんだ、あんた……でもよかった。怪我ないか？」

また笑顔を見せるので激しく腹が立ち、その顔面に手をついて体を起こす。

「うっ、いって！　おい、静羽！」

「殿下、お怪我はありませんか？」

帯を解いて智玄の様子を窺うと、怖かったのか青い顔をして震えていた。

「び、びっくりした……お腹が痛い……」

「殿下、しっかりなさってくださいね」

いけない。早くどこか安静にできる場所へ行かなければ。智玄を再び背負い、その場を離れようと翔啓を促す。

「翔啓もはやく来い」

「えっ。ちょっと待って」

どうして今日はこう何度も部屋と壁を往復しなければならないのだろうか。いままで人を斬ることはあっても助けることはなかったから、なにが正しいのかわからないし、安心できる隠れ場所も自室しか思い浮かばない。自分がいかに体と思考を持て余す傀儡になっているかがわかる。

後悔に似た腹立たしさが込みあげてくるが、いまは余計なことを考えている場合ではなかった。無事に部屋に辿りつくと、扉を硬く閉ざした。嵐静も翔啓も衣が汚れて息があがっているが、まずは背負っていた智玄をゆっくりと寝台に寝かせる。

「殿下……」

「しっ、眠っているようだよ」

智玄に呼びかけたところを翔啓に止められる。

「殿下の衣に乱れがないようだから、怪我はなさそうだな。静羽は大丈夫か？」

大丈夫か？　他人からそんな言葉をかけられたのはいつぶりだろう。思わず翔啓の顔を見る。

「……額から血が出ているが」

「え？」

自分でも気がついていなかったようで、翔啓は自分の額を触って「あ、痛いかも」と笑った。

「これあれだよ、静羽のその仮面が当たったんだよ」

「……だからどけろと言ったのに。見せてみろ」

手巾で血を拭ってやる。深かったら事だと思ったが、擦り傷だけだった。

「あのまま私が落ちていれば、きみはそんな怪我をしなくて済んだ」

「なに言ってるんだよ、俺が下で受け止めなかったら静羽が怪我するだろう？　顔から落ちてきたんだぞ？　下手すれば怪我だけじゃ済まない。あんた、本当に無茶ばっかりするな」

「きみが無茶なのだろう！　あれほど隠れていろと忠告をしたのに」

「あんたが大怪我をしてしまったら、誰が殿下を送り届ける？　誰が皇后の命に従う？　静羽の使命なんだろう？」

そう問われて言葉に詰まる。

使命という言葉を翔啓から聞くとは思わず、重い鎖が自身に巻きついていることを確認するようだった。

「身を挺して皇太子殿下をお守りするのはいい。けれど、自分のことも考えろ。犠牲にしていいわけでもない」

「きみになにがわかる。この体と命をどう使おうと私の勝手だ」

なんだかこんなやり取りをかつてしたことがあったなと、握った拳にますます力が入る。

「あんた家族とか友人もいるんだろう？　誰も心配しないからとか言うのか？　だったら俺が心配する」

「頼みもしないことをするな！」

強い口調をぶつけ翔啓を睨むと、彼は険しい目をしていた。

「酷い言いかただな、静羽……」

怒っているのか悲しいのか、理解する前に目を逸らす。いつもならおどけた様子であしらうのに、そんな顔をされるとは思っていなかった。

「やめなさい」

声変わり前の少年の声に振り向くと、寝台の上で智玄が体を起こしていた。

「静羽。その者に礼を言わないと」

さっきは子供らしく取り乱していたけれど、打って変わって落ち着いている。

「殿下……！」

駆け寄って跪く(ひざまず)と、にっこり笑った。こんなに近くで智玄の顔を見るのははじめてだった。

「きみが静羽か。噂は聞いていたけれど、直接会うのははじめてだ」

皇太子、智玄。

現皇帝が皇后とのあいだにもうけた子で、たったひとりの世継ぎである。十歳になるが、こうして見ているとやはり実年齢よりも大人びている。面差しは皇后によく似て冷たさのある美貌ではあるが、笑顔は人懐こかった。

「ここは?」

「私の部屋でございます」

「そうか。きみは母上の側近なのだろう。女子ですごく腕のたつ者だって耳にしたことがある。常に隠れていて姿を見せないってこともね」

「殿下がご存じだったとは。恐悦至極に存じます」

「詳しくは誰も教えてくれない。母上の側近で、静羽という名ぐらいしか知らない」

それだけで十分すぎるのだが。何者なのかを智玄が知る必要はない。

「静羽。仮面を取り、顔を見せてはくれないか」

静羽は首を横に振った。いくら皇太子の申し出でも、皇后の許可なく仮面を取り素顔を晒すことはできない。

「瞳の色が不吉だと言われておりますので。殿下に正面から顔を見られたくありません……お許しください」

悪かった、と智玄は謝る。ほっと胸を撫でおろした。無理矢理仮面を外すような人間でなくてよかった。それに、仕草や声色で演じていても、仮面を取ったら男だとわかってしまう。

「殿下。お加減はいかがですか？」

問うと智玄は「なんともない」と首を振る。どこも怪我はないようだ。

嵐静のうしろにいた翔啓が智玄の顔を覗き込んだ。無礼だと注意をしようと思ったが、翔啓が先に口を開く。

「殿下、どうしてあんな場所で寝ていたのですか？」

問われた智玄が言葉に詰まっている。

「皇太子殿下なのでしたら後宮の壁をよじ登る必要ありません。城外の不届きものならともかく」

「やめろ、翔啓」

「お加減が悪く安静にしていたのではありませんか？　殿下の姿がなく大変な騒ぎになっております。無理をされては皇后陛下はじめ皆が心配します」

部外者なのに皇太子に向かって説教するとは。嵐静が真っ青になって翔啓を止めようとしたとき「わかっておる！」と智玄が真っ赤な顔をした。

「そなた名をなんという！」

嵐静は天を仰いだ。きっと皇太子を怒らせてしまったのだ。

「翔啓と申します」

思わず目を閉じる。翔啓はきっと地下牢行き決定だ。

「翔啓！　私の話を聞いてはくれぬか！」

「仰せのままに、殿下。この翔啓でよろしければ殿下のお話を伺いますとも」

智玄の顔を見ると、目に涙を浮かべて掛布を握りしめている。初対面の翔啓に話を聞いてほしいなど、警戒心を壁の頂上に忘れてきてしまったのだろうか。いや、素直な子なのか。嵐静は智玄と翔啓を交互に窺った。

「母上が、毎日苦い薬を持ってくるから……私は嫌で仕方がなくて。飲まないと母の言うことを聞けませんかと泣かれるし。私は母の涙に弱い。辛（つら）くなる」

「……そうでしたか」

「苦いのは嫌だ。武術の稽古も嫌いだけれど薬はもっと嫌いだ」

「わかります。俺も稽古は嫌いですし、苦いのは大嫌いです」

「そうだろう？　わかってくれるか、翔啓」

「良薬は口に苦しでも、甘いほうがいいですね」

　翔啓がしかめっ面をして舌を出すと、智玄も同じようにした。

「しかし殿下、腹の調子が悪いのでしょう？　お薬はそのためにお持ちしたものなのですが」

「……苦い薬がいつまでも口に残るから、いつも口直しに甘い菓子を食べるようにしているんだ。母上に内緒で。美味しいからたくさん食べていたら、それで腹の調子がますます悪くなってしまった」

「甘い菓子、ですか」

「だって薬が苦いんだ！」

　思わず嵐静は翔啓と顔を見合わせる。

　毒を盛られたのなんだのと噂が立っていたが、事実はただの菓子の食べ過ぎか。皇太子がわがままでたくさん菓子を欲しがれば、止める者もいないのかも。いたとしてもこれではきっと隠れて食べるだろう。

その苦い薬を持ってきたのがこの翔啓だと知ったら、今度こそ怒るのではないだろうか。

「甘い菓子といえば、胡桃餡の菓子は殿下の好物でしたね」

翔啓に問われて智玄は「うん、うん！」と何度も頷いた。頬を染めているので、恥ずかしいのだろうか。

「母上が胡桃は体によくないから食べてはいけないといって、取りあげるんだ。数日前にも、悠永城への客人が都の胡桃餡菓子を持って来てくれたのに、食べられなかったんだ」

ぷっと吹き出す翔啓に「なぜ笑う」と智玄が口を尖らせ、嵐静は笑いたいのを堪えていた。

「食べ過ぎはよくないと皇后陛下はおっしゃっているのですね」

「わかっておる！　でも美味しいのだもの、我慢できない」

「そうですね、わかります。殿下、その菓子は俺の兄がお持ちしたものです」

「えっ、翔啓の兄上？」

あの日、涼花が持って来た胡桃餡の菓子は「皇太子が食べなかったから宮女たちにまわってきた」わけではなかったらしい。その菓子を自分も食べました、美味しかったですとはさすがに言えない。

　智玄は十歳。食べたい盛りでもある。好物の菓子を取りあげられてさぞかし悔しいのだろう。

「そうです。あと苦い薬も、我が沁がお持ちしたものです。殿下のお体を考えて兄が精魂込めて調合したものです」

「翔啓は沁氏の者なのか」

「はい」

「兄がいるのか？」

「はい。真面目で心優しい兄です。殿下のことをいつも考えておりますよ。将来この悠永城の主となられるのを楽しみにしておりますから。我々が生きているうちに戴冠式を拝めるでしょうか。その時に老いたこの身に、今日のこの殿下との思い出を誇らしく感じることでしょう」

　悠永国は皇帝の死で次期皇帝が決まる。よく聞けば縁起でもないことを言っているのだが、翔啓はきっとそれをわかっているのだろうと思う。だから嵐静は口を出さずに黙っていた。

「殿下、どうかお体を大切に」

翔啓は深く首を垂れた。

「……わかった。薬をきちんと飲むよ！」

そう返事をした智玄は、形のよい目に真っ直ぐな光をたたえていた。

「それと、言い忘れていた。私と静羽を受け止めてくれてありがとう。助かった」

もともと智玄はあまり体が強いといえない。

菓子の食べ過ぎでなくても腹が弱いし、暖かい季節であっても風邪をひきやすいという。今回は菓子の食べ過ぎかもしれないが、毒を盛られたという説は時々持ちあがる。立場上、常に命の危機に瀕しているといってもいいのかもしれない。皇后がそばにいたところで、命がけで攻撃されたら守るのは難しい。獅子身中の虫という言葉もある。

それも悠永城と後宮という場所を物語るものであるともいえる。

守るほうも守られる側も、命がけなのだ。

「静羽」

急に呼ばれて、顔をあげる。智玄の表情は穏やかだった。

「翔啓は気持ちのいいひとだな。静羽はよき友を持っている」

こつん、と翔啓は肘で小突いてきた。見ると得意気な顔で笑っている。

「……なにを笑っているのだ」

「殿下に褒められちゃったぞ」

「調子に乗るな」

「いいじゃないか少しぐらい……嬉しいじゃないか、よき友だって。このあいだ偶然会ったばかりだとはいえ」

ははは、と笑う翔啓の背中を殴りたくなってくるが、智玄も機嫌よさそうに笑っているから水を差すわけにもいかない。

「いいな。出会って日が浅くてもそんなに仲がよくなれるのは馬が合う証拠だ」

「そうかもしれません。静羽も真っ直ぐでいい奴ですよ。ちょっと乱暴だけど」

な？　とまた肘で小突いてくる。わかったような口をきく。しかしいい奴だと言われて悪い気はしない。睨んでやると、いたずらっ子のようにニヤリと笑い返してくる。本当に腹立たしい。

「私は友人がいない。静羽、翔啓。友人になってくれぬか？」

思いもよらぬ申し出に耳を疑う。友？　皇太子の？

「もちろんですよ」

「本当？　ほら、私の薬のことを聞きたいといえば翔啓を城に呼べるだろう？　どうかな」

「俺でよければ、いつでもはせ参じます」

予想どおりの返事をして、翔啓は胸に手を当てている。その手はきっと綺麗だからだ。病弱な皇帝と皇太子のための薬を作り、運び、命を助ける沁氏の手。

自分はどうだ。血を拭い、火を使うこの手は綺麗といえるのか。智玄だって、母親の命でたくさんの人間の命に手をかけてきた者が目の前にいるとは思わないだろう。そんな自分が、幼い皇太子の友になるだと。

「私は……」

続ける言葉も見つからないまま口を開いたが、翔啓が肩に腕をまわしてくる。

「この翔啓と静羽、喜んで殿下の友となります」

「そうか！」

嬉しそうな智玄の顔が眩しい。この仮面の下でどんな顔をしているのか見られずに済んでいるから、口元だけで微笑み返す。すると、早口で翔啓が耳打ちしてくる。

「あんたがなにをしてきたとか、殿下に関係ない。友が欲しいというなら叶えるべきだろ」

そうだろうか。本当に無関係だろうか。でも。

なぜか翔啓の考えを否定するよりも、温かい空気が流れるほうへ心を向けたくなった。悠永城の者でもない翔啓が、皇太子の友になる。おいそれと参内できるわけでもないのに。その場しのぎの約束は、智玄だけでなく嵐静の心も温めている。

それでいいではないか。

今度は口元だけでなく微笑んで、べたべたと触ってくる翔啓の腕をつかんだ。捻って関節を決めてやる。

「いででで！」

「いつまで肩に腕を乗せているのだ……気安く触れるな」

よくもこの状況で緊張感なく振る舞えるものだ。

「肩が外れるだろ！　本当に乱暴だよな！　静羽は」

「乱暴なのではない。引き締めているだけだ」

「もうちょっと優しくしろよ！」

言い返そうとしたら、智玄が声をあげて笑った。外に聞こえないだろうかと一瞬ひやりとしたけれど、つられて翔啓も笑いだして、嵐静は自分がひとりだけ気持ちを張り詰めているのが馬鹿らしくなってしまった。

「あっはは、ふたりは楽しいな。こんなに笑ったのはいつぶりだろう」

「殿下も明るくて楽しい方ですね。うちにいる弟たちを思い出します」

「翔啓は弟がいるのか？」

「はい。俺の下に姉弟のふたごがいます。殿下よりいくつか年上で、沁氏の大切な跡取りです」

翔啓は智玄のそばへいき腰をおろした。それを横目に、部屋の戸を細く開けて、廊下に誰かいないか確認した。涼花でもいたら大変なことになる。いま皇太子が行方不明で騒ぎになっているはずなのだから、そんななかでここへ来る確率は低いだろうが。

「沁氏はたくさんの若者がいるのだな。翔啓は舞光のような兄と、弟と妹もいて羨ましい」

「弟たちとは血の繋がりがありません」

「そうなのか？」

「俺はもともと分家の出。幼い頃に両親が相次いで亡くなり、父が宗主の沁舞元と幼なじみだった縁もあってか、宗主のもとへ引き取られました」

「そうだったのか。両親はさぞ無念だったろう。幼いそなたを残して逝ってしまったのだから。亡くなったのは何年前？」

「十五年前の話です。当時猛威を振るった流行り病に倒れたと聞いていますが……俺は幼くてなにも覚えてないのです。だから、悲しくはありません」

淡々と話す翔啓の横顔をうかがう。智玄は真摯に向き合い話を聞いていた。

「沁氏宗主には聞かないのか？　幼い頃のことを」

「聞いたことはありません。知りたいという欲求もないもので」

「なぜだ？」

「その流行り病にかかり宗主は生き残った側なのです。後遺症で心臓を悪くした身、しかも幼なじみを亡くしています。そんな辛い過去のことを教えてほしいとは思いません。辛くさせてしまうだけです」

嵐静は座らずに壁に寄りかかってふたりの会話を聞いていた。なにかあったらすぐに動けるようにしていたいが、どうしても翔啓の話に引き込まれてしまう。翔啓の根の明るさは影を潜めていた。

「過去を知ることは悪くない。でも、囚われたら前に進めない。死んだ両親のぶんまで俺が生きると決めていますよ。それだけです」

屈託なく翔啓は笑った。

「そうか」

やっと智玄もゆっくり口角をあげる。どういう顔をしていいのかわからないのだろう。

「悠永国の北は流彩谷の沁氏か。そうだ、当時のことは悠永城にある歴史書に書かれてあったな。その流行り病のことはもちろん、存在した一門などのこと……家系図もあったはず」

「殿下は物覚えがよくていらっしゃる。俺など一度読んだ本の内容を忘れちゃいますよ」

「真剣に読め、翔啓。そなたも沁氏宗主を支える者なのだろう。学びは無駄にはならないと父上がおっしゃる」

「殿下を見習います……」

「私の場合は励めば母上も喜んでくださる」

十歳の子供に叱られている翔啓はただ笑っている。智玄がこっちを向いた。

「静羽は？　故郷に家族がいるのだろう？」

「わ、私は……貧しい家の出。殿下にお聞かせできることはありません。どうかご勘弁を」

「貧しさのことを聞くわけではないよ。静羽の父上の姓は？」

「と、灯……です」

嵐静は言ってからしまったと後悔した。智玄が視線を空に投げ「ええと」と呟きなにかを思い出そうとしている。

「そうだ。思い出した。西北には紅火岩山の灯氏というのがあったな」

「それは……殿下のお産まれになる前のことです。少数の一門でしたので……その、流行り病で皆死にました」

早口で吐き捨ててふたりに背を向けた。それ以上は聞かないでほしかった。

「え、そうなの？　静羽の家族も流行り病で？」

「そうだ。私以外、皆だ」

「……大変だったんだな」

「もういいだろう。終わったことだ」

そうだけど、と翔啓が呟き、智玄は「あれは何年前だったのか」とまたぶつぶつ言っている。

「北部一帯に疫病が流行った、ということだったのかな。なんかそんな内容を読んだ覚えがある。よし、後日きちんと調べ……」

「おやめください」

思わず声を荒げる。ふたりに向き直ると驚いた目が静羽をじっと見ていた。

「殿下、申し訳ございません。翔啓が沁氏宗主に当時のことを聞くのは酷だとご理解いただけるなら、私もどうかご容赦ください。どうか」

「静羽、私は」

「殿下へこのような申し出をするのは無礼極まりないと承知の上です」

嵐静は叩頭（こうとう）した。悪気がないのは理解しているし、もし怒りに触れてしまったらそれまでだ。そう覚悟したとき、智玄が嵐静の腕を取って体を起こしてくれた。

「私が悪かった。もう静羽の前で辛い思い出をほじくり返すようなことはしない」

智玄が再び悪かった、と言った。翔啓も頷いてこっちを見ている。

「殿下、ありがとうございます」

「友だろう。もうこの話は終わりにしよう」

屈託なく笑う智玄の笑顔に、嵐静は助けられた思いだった。心中の業火を沈めなければ。爪が手のひらに食い込むほどに拳を握りしめた。

「ところで殿下、申しあげますが」

「なに？　翔啓」

「このままここにいてよろしいのですか？　もうすぐ昼餉の時間。部屋で少しお休みになられますか？」

「おい翔啓。なにを言っている」

「だってもうだいぶ長い時間、俺たちは話し込んでるんだぞ？　殿下を御返ししないと」

名残惜しいが、と翔啓はため息をついている。

「たしかに。殿下、いかがいたしましょうか。……殿下？」

自分が部屋を脱走して大事になっている自覚がないのか、それとも忘れてしまうほど話に夢中だったのか。智玄はぽかんとしている。

「皇后陛下に殿下のことをお知らせしないといけません」

皇后のことを持ち出すと、ようやく焦った表情になった。寝台から降りて身なりを整えている。

「そ、そうだったね。もう大丈夫だから、自分で母上のところへいくよ」

「……承知いたしました」

気づけば、この場が居心地よく感じてしまっていた。窓のない塞がれた牢のようなこの部屋。三人で話す空間が気持ちよかったのだ。

寝台から降り立つ智玄の足取りはしっかりしていたし、ひとまずは心配なさそうだ。

「これから皇后陛下のお部屋へいけるようご案内します」

「静羽たちは来られないだろう?」

「はい。おひとりで大丈夫でしょうか」

「大丈夫だよ。ひとりでいける」

「承知いたしました。殿下は聡明でございます」

「そうだ、私たちが静羽の部屋にいたことは内緒にしよう。我々だけの秘密ってことでどうだろう?」

智玄がどれほどの意識で秘密を持つのかはわからない。念を押しておくべきだと思った。

「殿下。お願いがございます」

「なんだ、なんでも言ってくれ」

智玄は胸を張った。和気あいあいとした雰囲気にまぎれて大切なことを伝えるのを忘れてはいけない。

「静羽の部屋にいたこと、翔啓と会ったことは、誰にも言ってはなりません」

「わかっている。翔啓も黙っているだろう?」

「承知していますよ。俺は黙っています！　な、静羽」

「翔啓、ここがどこかわかって言っているか？　内緒にしないといけないのはきみのためだ。殿下にもご協力いただくのだ」

嵐静がそう言うと、智玄が「あ、そうか」と納得している。

「翔啓はどうして父上の後宮にいるの？」

「それはですね、あの壁を登っ……いでででで」

咄嗟に翔啓の頬をつねった。

「虫がついていた」

どうやって来たのかを馬鹿正直に話すなんて、いくらなんでも素直すぎる。

「殿下、翔啓がなぜここにいるのか、深く詮索しないでいただけると幸いです。知られれば即死罪です。瞬きのあいだに首落ちです」

そうだなぁと智玄はため息をついている。

「乱暴なんだから、静羽。そんなんじゃ嫁にいけないぞ」

「そんなもの一生いくか！」

「静羽はそんなに器量よしなんだから、もうちょっと淑(しと)やかにしていなよ」

わざと言ったのだろう、翔啓は片目を閉じて合図をしてくる。なんなのだ、それは。

「あははっ！　じゃあ将来、静羽は私のところへくるといいよ」

「……は？」

智玄の言葉に思わず静羽は動きを止め、翔啓と顔を見合わせてしまう。なんだかおかしな話になってきた。

「すごいな。静羽は将来、妃じゃないか」

「……翔啓。涙まで流して笑うな」

悪ふざけが過ぎると思い、翔啓の足を思いっきり踏んだ。痛さに悶絶している彼を無視し、皇后の部屋へと通じる通路へ智玄を促した。

「この通路を真っ直ぐ進んで、突き当りの扉を開けてください。皇后陛下のお部屋へ行けます」

「わかった。ありがとう。静羽、翔啓。また会おう」

迷いなく通路を歩く背中を見送る。見えなくなったところで、こちら側の扉を閉めた。

「行ったの？　殿下」

後ろから翔啓の声が聞こえた。

「ああ」

智玄を戻したのはいいとして、この男もなんとか向こう側に渡さなければ。智玄が戻ったことで、悠永城外への封鎖も解かれるだろう。

「俺も帰れるな」

「そうだな。案内するから、侍医殿へ戻れ」

一体、自分はなにをやっているのだろう。

部屋を抜け出した皇太子、後宮に忍び込んできた部外者。どうしてこうも振りまわされているのだろう。静羽は深くため息をついた。

「早く流彩谷へ戻らないといけないんだ。兄上が倒れてね」

「……倒れた？　容体はどうなのだ」

「過労だから安静にしていれば平気。働きすぎだ。殿下の薬の調合のために無理をしてね。前回ここへ来たときからおそらく体調不良だったみたいなんだ」

「だから今回は翔啓ひとりだったのか」

「そういうこと」

「だったらもっと静かにしているべきだろう。部屋を抜けてみたり壁を乗り越えてみたり……きみは本当に」

そう言うなって、と翔啓は笑う。

「いやでも本当に、梯子から足を踏み外したときはどうしようかと思ったけど、ふたりに怪我がなくてよかった」

「……助けてもらったことは感謝する。ただ、もう無茶はしないでくれ」

「だけどさ、静羽」

「私は、自分のせいで怪我をする人間を見たくない」

こっちだ、と智玄を見送った方向と反対側へ翔啓を促す。

「わかったよ。もうしない。でも」

「なんだ」

「俺だって、自分の目の前で誰かに怪我されたら夢見が悪いぞ？」

そうか。そんな夢からは早く覚めたほうがいいな。静羽は口に出さずに飲み込んだ。

「胡桃餡の菓子、私も食べた」

「お、そうなのか？」

「皇后が殿下から取りあげたのを宮女たちに配ったらしく、私ももらった。……美味しかった」

「そうか。じゃあまたたくさん買ってくるわ！」

簡単にその「また」がくるとは限らないのに。そんな翔啓を素直だなと感じるが、正直、もう来ないのが身のためなのに。だがきっと、智玄は沁氏を呼ぶだろう。そうすれば翔啓は怪しまれずに悠永城へ足を運べる。ただ、皇后が反対しなければ、の話だが。

「翔啓。後ろを向いてくれないか」

「後ろ？　なんか悪いことでもする気なわけ？」

「見られたくないものがあったりする。安心しろ、きちんと無事に壁の向こうへ送る」

「ああ、よろしく……これでいいか？」

疑いもせず素直に背を向ける翔啓。

「静羽」

「なんだ」

「辛い思い出は忘れなくていいんだ。覚えていることで弔いになる」

「……そうだな」

返事をしたあと翔啓の首に手刀を叩きこむ。膝から崩れようとする彼の体を支え、背負った。

このまま運んで、侍医弟子たちの寝所裏にでも転がしておけばいい。誰かが見つけてくれるだろう。この男も部屋を抜け出していたのだから、いらぬ疑いをかけられて騒ぎにならないといいが。

ずっしりと背中にかかる翔啓の体重が今日まで彼が生きてきた証なのかと思うと、嵐静がかつてしたことは間違いではなかったと、腹の奥に力が湧きあがる。気づけば笑みを浮かべていた。生きていることが真実なのだと心に刻むことができた。

ふたりに嘘をついて、自分は生きている。

静羽に背を向けたあとの記憶がないが、目を覚ましたら布団に寝かされていた。弟子たちが心配そうに囲んでいて「侍医殿の裏手に転がっていた。何者かに襲われたのではないか」と聞かれたが、酔って散歩していたら寝てしまったと適当に誤魔化した。「翔啓殿ならやりかねない」と皆に納得されたのは少し癪だったが、地面に転がる直前まで静羽と智玄と一緒にいたことを知られてはならないので、よしとする。

翔啓が目覚めると同時に、悠永城外への封鎖が解かれた。

皇太子が元気な姿で戻ってきたと知らせがあり、侍医殿はもとより皇太子行方不明で憔悴（しょうすい）していた皆が安心したに違いなかった。

皇太子を皇后のもとへ返したあと翔啓を後宮の外に出すのに、静羽が考えた行動がこれだ。首が痛かったから、きっと殴られたかなにかしたのだろう。

あいつは本当に人のことをなんだと思っているのだろう。乱暴だ。後宮から出る方法を知られたくなかったのだろうが、目を閉じていろと指示されれば従ったし、目隠しでもなんでもしたのに。

しかし、悠永城の者でない翔啓が部屋におらずに外で倒れていたら、異常だと思わないのだろうか。そんなことに気がまわらないほどに城内の者たちは動転していたようで、逆に心配されてしまう始末。拘束され追及されなくてよかったと胸を撫でおろす。

昼餉の時間はとっくに過ぎていたのだが、朝昼兼用のような食事を用意されてさっき食べ終わったところだ。血のついた衣はきれいに洗濯され、部屋に用意してあった。なにもかもありがたい。

さて。封鎖が解かれたのならば長居は無用。翔啓はパンと膝を打って立ちあがって、そばについてくれていた痩せの弐情に手を振った。

「食事をありがとう、弐情殿。じゃ、殿下が見つかったのなら俺はこれで！」

「あっ、沁の若君。お待ちを……」

引きとめられたので首を傾げていたら、重量のある足音を響かせながら参良がやってきて「翔啓殿！」と腕をつかんできた。めちゃくちゃ怖いんだが。

「どど、どうしたの？　あ、食事の感想？　汁物は美味しかったよ」

「ありがとうございます！　あれは鶏（とり）の出汁（だし）を丁寧に取っているんです」

「本当に美味しかった」

「おいらも医者より料理人のほうが向いているのではと思うこともしばしば……いやそんなことはどうでもよいのです。若君、まだお帰りいただくわけにはいきません」

「いや、だって殿下は戻られたのだろう？　封鎖が解かれたなら、俺は早く帰らなくちゃ」

参良の岩みたいな手を振り解（ほど）いて、そそくさと部屋から出ようとした。するとまた腕をつかまれる。汁物の出汁にする鶏をこうして絞めているのだろうかと想像してぞっとした。

帰らせてもらえないなんて、勘弁してほしい。

あれ、これはもしかして俺になにかしら疑いでもかかったのか？

拘束の二文字が頭に浮かぶ。

「なぜ逃げるのですかっ」

「俺はなにも知らないんだってば」

「皇太子殿下がお呼びなのです！」

智玄が俺を呼んでいるだと？　どうしてだ。なにか気に入らないことでもしただろうか。静羽が俺の悪口でも吹き込んだのだろうか。

だったらあいつ許さない。

「いや、ちょっと待てよ」

「若君、どうされました？」

もしかして後宮に忍び込んだことが皇后にばれたのか？　智玄と見せかけて皇后に呼ばれているとか？　だったらもう生きて帰れないではないか。

「え、あ、いや。なぜ皇太子殿下が俺を呼んでいるのでしょうね？　まさか……し、死罪……とかかな……」

鶏肉の汁物が最後の晩餐だったなんて。流彩谷へ戻って自分の部屋で砂糖かけ豆をつまみに酒を飲みながら死にたかったのに。

「死罪？」

「恩赦を願い出たら受けていただけるのかな……俺はまだ未来ある若い青年なのだし」

「なにをおっしゃっておられるのですか。昨日お持ちの薬がよく効いたそうで、沁氏の方に感謝を伝えたいとのことですよ」

「感謝？」

「そうです。よかったですね！」

参良は手を叩き、翔啓は膝から崩れる。

「しっかりなさってください、翔啓殿」

「すまない。びっくりしたからさ……」

「もう。ですので！　お願いですから逃げないでくださいね。お連れするようにと言われているんですから。おいら、崔侍医長に怒られちまいます」

「わかったわかった、引っ張らないで！」

参良に引きずられるようにして翔啓は部屋を出た。階段をあがったり大きな扉をくぐったりし、大きな屋敷の前に連れて行かれた。

「おいらはここまで。こちらは殿下の住まいです」

敷地内に屋敷を与えられているのか。世継ぎは扱いが違うなと思ったが、当然のことか。ということは、皇后はそばにいない。後宮へ忍び込んだことは知られていない。

「ここからは殿下にお仕えされている者が若君をお連れしますので、ここでお待ちください」

「そっか。参良殿、世話になりました。また！」

礼を言うと、参良は大きな体をゆすりながら去っていった。一晩を過ごしたわけだが、また参良と弐情に会えると嬉しい。

ひとり残された翔啓はあたりを見まわした。もはや視界に侍医殿が入らず、いま自分がどこにいるのかわからない。

流彩谷に戻ってこの話をしたら、舞光はきっと驚くに違いない。あまりに驚きすぎて、一気に元気になるかも。

ひとりクスクスと笑っていたら、屋敷からふたりの男が出てきて翔啓を中へ案内した。智玄の住まいとなっている屋敷は「飛風殿（ひふうでん）」というらしく、翔啓がいた侍医殿など比べ物にならないほどに広かった。通された部屋は正面に螺鈿細工の大きな机があり、おそらくそこで智玄が勉学に励んだり書き物をしたりするのだろう。机の上には硯（すずり）や文鎮が置いてある。机の右手にある大きな本棚にはたくさんの書物があった。本棚の隣に置かれた衝立は、小鳥と梅の花の刺繍が施された絹織物が張られている。高級そうではあるけれど、あまり華美な印象は受けず落ち着いた雰囲気だ。智玄の趣味なのか、必要なものさえあればいいといった感じである。

沁氏の屋敷の舞元の部屋のほうが、花瓶やら金の像やらが並んでいて、派手な気がする。

ぱたぱたと足音が聞こえて、翔啓は音のする方に顔を向ける。姿を現した智玄は、翔啓を認めるとちょっとニヤリとしながら片目を瞑（つぶ）った。同じように合図を送るわけにもいかなくて、翔啓は無礼にならないよう深々と礼をした。

「しょ……そなた名はなんという？　いつもは沁舞光が来ていると聞いているが」

「翔啓と申します」

二度目の自己紹介だが、ここは智玄に合わせなくては。

「翔啓、いつも薬と瑠璃泉をありがとう。おかげで私の腹痛は治まった」

「皇太子殿下にそのようなお言葉をいただき、沁氏としても嬉しい限りです」

智玄が一生懸命に威厳たっぷりで言葉をかけてくれるものだから、思わず笑いそうになってしまった。無礼にならないようにしなくては。智玄の傍らに控えている数人の側近は、じっと翔啓の様子を窺っている。

友がいない、と寂しそうな顔をした智玄を思い出した。側近たちは皆が大人だった。他に同じ年頃の皇子がいればまた違ったのだろうが。

うちの羨光と光鈴だったらもっと親しくなれそうなのに。

「私からそなたに頼みがあるのだけれど」

「なんなりとお申しつけください」

智玄は机に身を乗り出した。そして「あれを持て」とそばにいる事務官から小箱を受け取った。

「これは私からそなたに、信頼の証として」

官吏が持ってきた小箱を受け取り、開けてみる。中には丸形の平たい石が入っていた。中央に雀（すずめ）の文様が彫ってある水色の石はおそらく青翡翠、それを囲むようにくりぬかれた銀板にも青翡翠が三カ所はめられていた。

「これは……皇太子殿下の雀文様ですね。青い石は青翡翠。なぜこのような高価なものを？」

「肌身離さず持っておれ」

言葉に詰まった。このような高貴で高価なもの、身分不相応ではないか。信頼の証としてというのは光栄だけれども。顔をあげると智玄と目が合った。彼は立ちあがったかと思うと机をまわり込んで、こちらへ駆けてきた。

「殿下」

窘める側近の声も聞かずに翔啓へと向かってくる。智玄がもし転びでもしたら自分はこの場で斬られるのではないだろうか。許可なく皇太子に触れることは許されないので、万が一つまずき転倒を防止するために翔啓は両手を広げた。ハラハラしながら待っていると智玄は翔啓の前で胸を張る。人差し指でクイクイと手招きをするので智玄の身長に合わせるよう膝を折ると、肩から垂れた髪の毛をつかまれる。もっと下げろということか。

「翔啓、私の友になってくれるって言ったであろう？」

「ですが……ここでは初対面です。名乗ったばっかりじゃないですか、不審に思われます」

「私がいいといったらいいの！」

わがままか。

呆気（あっけ）に取られていると、智玄に「立って」と手を引かれた。まるで幼い子供が遊びに誘うような仕草だったので、羨光と光鈴を思い出す。

「皆、いまから翔啓は私の友。この雀の青翡翠があれば私のところへ通してよしとする」

なんだ、それは。そんなことがまかり通っていいのだろうかと冷や汗をかいていたら、十歳でもさすが皇太子殿下で、側近たちは全員「承知しました」と頭を垂れている。

「……殿下」

「なんだい？　翔啓。これなら文句ないであろう？　気兼ねなく私に会いに来れる。また会ってくれるって言っただろう」

智玄の目はキラキラと輝いている。まるで玩具に夢中になる子供……いや、そんなことを言えば傷つくだろう。どうあっても皇太子殿下だ。

「……仰せのままに。俺は約束を守ります」

気兼ねなく悠永城へ参内できるようにしてくれたことはありがたい。舞光を休ませたいし、自分も沁氏の者として胸を張ることができる。

「うん。だからね、壁から降りられなくなったことは黙っていて」

「それは俺も首が飛ぶので黙っています」

「ふふ。そうだね。それにね、静羽も友として呼ぶんだ」

もう一度そう耳打ちしてから、智玄は机の向こうに戻っていく。静羽をどうやって？　ここで問うわけにはいかなかった。

「翔啓、そなたまだ時間はあるか？　まだいてくれるか？」

「え？　ええ……殿下の仰せのままに」

ぱっと笑顔になる智玄が可愛い。なにかまだ話し足りないのだろうか、ずいぶんと翔啓に懐いてしまったようだ。

「皆さがれ。用があれば呼ぶ」

智玄がそう伝えると、側近たちは全員下がっていき、部屋には智玄と翔啓のふたりだけになった。途端に智玄は椅子の背もたれに体をあずけて、大きく背伸びと欠伸をした。

「殿下、眠そうですね」

「翔啓も楽にして。いやね、昨夜は興奮していた母上の相手をしたし、なにかと忙しかっただろう。翔啓たちとの時間を思い出していたら眠れなくなっちゃって」

「なるほど。眠ければお休みください。皇后陛下もさぞかし心配されたことでしょう。お気持ちお察しします」

自分は静羽に気絶させられて、地面に転がされていたとは言えなかった。

「母上に解放されてから、歴史書を読みふけってしまったよ」

「歴史書、ですか」

「うん。静羽と翔啓のことが気になって。いや、辛い思い出を掘り起こしたいわけじゃないんだ。なにがあったのか事実を知りたくて」

未来の天子は勉強熱心である。

当時のことを知らされても、翔啓としては両親が死んだことを再確認するだけなのだけれど、静羽は違うのだろう。

「静羽はだいぶ辛い思いをしたのだろうな。想像できることではないけれど」

「一門が皆死んだと言っていました」

「集団で病にかかってしまったのだ。考えたくはないが、世が滅びる要因のひとつとして疫病はいつの時代も猛威を振るう」

それでね、と智玄は一冊の本を取りだした。まだそれほど古いものでもなさそうだった。

「ここに書かれているんだけれど。北部一帯で疫病が流行った。岩香熱（がんこうねつ）というもので致死率が高かった。流行の規模は小さかったが、いくつか村が焼き払われたはず」

「岩香熱」

「知っているか？　翔啓」

「ええ。ですが、詳しくはありません」

「沁氏は医者が多くいるだろう」

「よく知らないのは俺だけで、舞光や宗主は詳しいと思いますよ」

智玄が見せてくれた書物には岩香熱がどういうものかも載っていた。高熱で内臓が損傷していき、死に至るそうだ。顔色が岩のように変形、変色し、体から焼けるような匂いがすることからこの名がついたらしい。

「そう、撲滅に尽力したことで沁氏の名が載っているよ。さすがだね……」

「いつの話なのですか？」

「十五年前、そして十年前だとある」

十年前なら自分の記憶にありそうなのに、すっぽり抜けたように覚えていない。これも小さい流行だったから、という理屈になるのだろうか。まだ子供ということで知らされなかっただけだろうか。

「沁氏の他に疫病撲滅に努めた灯氏一門という記載があるんだ」

「灯氏は静羽の出自ですね。医者だったのでしょうか」

「いや。そうではない。岩香熱は毒を持つ岩が感染源らしく、灯氏は感染源の調査協力を行った、とある」

沁氏と灯氏はそういう関係があったのか。

なんとなく引っかかる。ともに疫病撲滅に努めた当時のことを、誰からも聞いた覚えがない。語り継がれていくべきではないのか。

「現在はこの疫病の報告はないらしいけれどね。崔侍医長にも聞いた」

「それはなにより。先達の努力の賜物（たまもの）ですね」

「たしかに。ありがたいものだな」

「殿下。では灯氏は調査の過程で皆が岩香熱で死んでしまったのでしょうね」

いや、と智玄は首を振った。

「灯氏が滅んだという記述はない」

「一門が皆死んだと言っていましたよ？　静羽は」

「不思議だねぇ。なにか表には出せない事情があるのだろうか」

首を捻っている智玄と同じ考えだ。なんとなく、なにかあるのではと勘繰ってしまう。

「気になりますねぇ」

「だろう？　翔啓もそう思うだろう。よし、次に会うときになにか新しい情報があったら知らせ合おう」

「ちょっと、殿下ったら」

智玄は目をキラキラさせて、まるで探検でもしにいくような勢いだ。けれど翔啓自身ももうちょっと知りたいと思うようになった。沁氏と灯氏の関係が気になる。過去に静羽と翔啓は会っている可能性だってある。

静羽にとって辛い出来事ならば本人に知らせなければいいだけだ。灯氏が静羽以外死に絶えた事実は変わらないのだから。

智玄はそのあと薬の時間だとかで呼ばれて退室し、翔啓は飛風殿から出された。そして馬車まで戻されて、やっと解放されることになった。

なんだったのか、一体。悠永城が封鎖になってから、いや、ひとりで城に出向いてからいろいろとありすぎた。帰りの馬車では、疲れているのに目が冴えてしまい一睡もできなかった。智玄はきっとまた呼ぶのだろうから、そのときはすぐに駆けつけなくてはいけない。相手は皇太子だ。べつに嫌がっているわけではないし、彼が翔啓を友だと慕ってくれているのならば嬉しい。

なにより栄誉なことなので、きっと沁氏の者たちは喜んでくれるだろうと思う。

「皆が喜んでくれるならいいか」

手のひらに収まる大きさの銀板を箱に戻す。この青翡翠は智玄の友情の証なのだから、肌身離さずに持っていなければいけない。佩玉(はいぎょく)にでも仕立てようか。皇太子から賜った青翡翠を身に着けるなんて、体ごと盗まれそうだが。そこでふと思った。もしかして、似たようなものを静羽に贈っていたらどうしよう。智玄は静羽を女子だと思っているのだし……「私のところへ来い」と言っていたことを思い出して、翔啓は複雑な気持ちになったのだった。こうなると笑えない。皇太子が女子に贈り物をするなんて、特別な意味がなければそう簡単にやることではない。しかも相手は皇后の剣。皇后が卒倒しそうだ。

青翡翠の箱を懐に入れる。その時、侍医殿の制服のまま帰って来てしまっていることに気がついて、苦笑した。

流彩谷に到着したのは明け方で薄暗く、誰の迎えもなかった。まだ皆は寝ている頃だと思う。

翔啓は自室に戻って、着替えを済ませる。湯浴(ゆあ)みをして身支度を整えた。朝餉のあと、舞光に戻ったことと、悠永城でなにがあったか説明をしなければならない。

支度の途中、屋敷が目覚めていく気配がする。人の息づかい、匂い、かすかな声。帰ってきたのだと実感できる人々の営み。ふと、窓のない部屋にひとりでいるだろう静羽を思った。いまごろなにをしているだろう。

庭に出ると偶然、屋敷の門を雪葉が入ってくる姿を認めた。

「雪葉先生！」

駆け寄りながら呼びかかると、雪葉の笑顔がこぼれる。舞光のところへ来たのだろう。

「翔啓の若様。戻られていたのですか！」

「ええ、早朝まだ暗いうちに。皆はまだ寝ていると思って声をかけなかったんです。舞光の様子は？」

「はい。顔色もだいぶよくなりました」

「そうか、よかった。俺の文は届いている？」

ええ、と返事をした雪葉が表情を曇らせる。なにかあったのか？

「昨日の夕刻に届いた翔啓様の文で不安になってしまったようでした」

「やっぱり……心配性だから」

「迎えにいかなくてはと言って聞かなかったのです」

なるほど。想像できる。でも、不安になるようなことは書かなかったはずだけれど。

「とにかくはやく安心させてこよう。知らせもあることだし。雪葉先生、一緒に舞光のところへ行きましょう」

雪葉が抱えていた包みを持ってやり、一緒に舞光の部屋へと向かった。侍女が食事の支度を持ってきたところへ出くわしたので預かり、部屋の戸を静かに叩く。

「兄上、ただいま戻りました。翔啓です」

返事がない。まだ眠っているかもしれないが、そっと戸を開けて雪葉を先に中へ入れる。食事は部屋の円卓へ置いておく。部屋の衝立の向こうにある寝台には、舞光がまだ眠っていた。雪葉が音もなくそちらへ近づいて腰をおろした。そばへいくのは雪葉だけにして、翔啓は衝立を越えずに円卓の座椅子に座った。下手に気配を増やして舞光を起こしてはよくない。

しばらく朝日を喜ぶ鳥の声を耳に遊ばせながら、舞光の様子を見守っていた。一睡もできずに戻ったためか欠伸が出てくる。朝餉の汁物が冷めてしまったころ「若様」と呼びかける雪葉の声が聞こえた。

「ああ、雪葉」

「おはようございます」

衝立越しにふたりの様子を窺っていると、こちらに背を向けている雪葉の髪へ舞光の手が伸びてきて、そっと触れた。

ちょっと待ってくれ。

翔啓は慌ててその光景から目を逸らし、這って部屋を出ようとした。

「舞光様、翔啓様も戻っているのですよ。翔啓様、こちらへおいでください。若様がお目覚めに」

雪葉の落ち着き払った声に呼ばれて、急いで衝立へ這い寄った。動揺しているのは翔啓だけだ。立って顔を出すと、舞光は体を起こしていて「翔啓！」と呼んだ。

「お、俺はなにも見ていないよ」

意外と声が張っていたので安心した。

「翔啓、こっちへ」

翔啓の言葉は耳に入っていない様子で手招く舞光は、雪葉の言葉どおりたしかに顔色はいい。倒れた当時よりも元気を取り戻しているようで、ほっとする。

「体調はどう？　顔色はいいね」

「うん。私はもう大丈夫」

雪葉が舞光の肩に上着をかけてくれている。

「まだ無理はなさいませんよう」

「大袈裟なのだ。雪葉が寝ていろとここへ縛りつけているから」

「縛りつけてはいません。目を離すと若様はすぐ書物を出したり薬箱を漁ったりして無理をなさるからです。それでまたお体を壊したらどうするのですか？　鍋を火にかけたまま倒れて騒ぎになったというのに……」

とにかく悠永城へ献上するものが気がかりで仕方がないらしい。真面目な舞光らしいといえばそうだが、まずは体を治してもらいたい。

「……雪葉には敵わない」

「舞光は雪葉先生の尻に敷かれているわけね」

「あはは……」

困った様子の舞光の表情は柔らかい。ここ数日の雪葉の献身的な看病で、ふたりの心はますます惹かれ合ったのだろうということは想像に難くない。

「ところで翔啓。悠永城でなにかあったのか？」

「ああ、そうだった。説明をしなくちゃ」

本来の目的を済ませなくては。翔啓は懐から智玄から贈られた青翡翠を取りだす。

「これは？」

「開けてみて」

舞光は桐の箱を開け、入っていたものをみて目を見張った。さすがにわかるらしい。

「雀文様……」

「はい。皇太子殿下の希望があればすぐに悠永城へ来るようにと殿下から直接賜りました。友情の証として肌身離さず持っていろとのこと」

「あっ、若様」

舞光は頭を抱えている。頭痛でもするのか？

「なにを……したのだ。翔啓お前、悠永城でなにかしでかした？」

「ねぇ、人聞きが悪いよ。なにも悪いことはしていないよ。安心して、兄上」

「しかし、すぐ来るようにとはどういうことだろう？　怒られているとか？」

「違う違う。皇太子殿下から沁氏へ感謝の言葉をいただいたんだ。それで……俺は殿下に呼ばれて少し話をした」

「は、話を？　皇太子殿下と？」

そうだと頷くと、舞光は眉間に皺を寄せた。

「舞光も殿下にお会いしたことがあっただろう？」

ただ瑠璃泉と薬を献上するだけではなく、皇帝皇后両陛下から声がかかることも、誉れだと喜んでいたことがあったはず。当時は自分に関係のないことだと思っていたから気に留めていなかったが。

舞光の表情が暗いのが気になる。なにか気に障ることを言っただろうか。

「薬の説明で皇后陛下から声がかかったときに傍らに殿下がおられたことはあった。言葉は交わさなかったが。四年ほど前なので、殿下はまだ幼かった」

「俺、皇后陛下のことは存じあげないよ」

「そうか。私が為せないことを翔啓、お前はできるのだな。我が弟ながら誉れだ」

「喜んでくれる？」

「ああ。翔啓は殿下に気に入られたということなのだな。正直、羨ましいとも思うよ」

さっきから舞光の反応はいったいなんなのだろうと思っていたが、そうか。羨望か。ただ、そんな思いは自分へ向けるべきではない。

「ねぇ、兄上。そんなこと思わないで。体に悪いよ」

「いや、すまない。……何年も通っているが、こんなことははじめてだから。翔啓、これは大切にしなさい」

「皇太子殿下は友になろうと言ってくださった。沁氏の者として、精一杯お応えしようと思うよ」

そうさせていただきなさい、と目を細める舞光はいつもの優しい笑顔だった。

舞元が心臓を患ってから何年も沁氏の代表として悠永城へ出向いているのに、なぜ自分ではなく義弟が、と心を痛めたのか。翔啓は苦しくなった。

「俺はほら……精神年齢が低いから。殿下も戯れに声をかけてきただけで、俺にとっては身に余る光栄だ」

「お前は皆に好かれる」

「そんなことない。飽きられたらきっと声がかからなくなると思うよ」

「翔啓、謙遜だろう」

「これまで舞光たちがしてきたことは誇りに思うし、いまの俺があるのは沁氏の皆のおかげだから」

そう伝えると、いいんだ、と舞光は翔啓の頬を撫でてくれた。温かい手だった。

「翔啓。これについて、皇后陛下は……?」

「さあ。俺はお目にかかっていないし、殿下の一存のようだよ。十歳でもお世継ぎ、自分でなにもかも決められるんだね」

最初こそわがまま小僧だと苦笑したけれど。

「俺が十歳の頃なんて鼻水垂らしていただけだったろうな。たった十年前なのによほど子供だったんだな。その前のことなんてもっと覚えてないや」

鼻水をすする真似をしておどけてみせたのに、舞光と雪葉は静かに微笑んだだけだった。

「そうだ、舞光。うちに歴史書がいくつかあるだろう。借りるね」

「なにか調べものか？」

「うん。皇太子殿下の話についていけるように、俺も自分の領地や悠永国のことを学ばないとね」

「……そうか」

悠永城にある書物より詳しいかはわからないが、なにか新たな情報が書かれてあるかもしれない。

過去を知ることは前に進むこと。思い出を忘れないことは弔うこと。

静羽を慰めたくて伝えたことなのに、なぜか胸の奥に悲しみが広がるのはなぜなのだろう。

第四章　紅の火宿す山

皇后の機嫌が悪いことは夜中に知った。宮女が瑪瑙(めのう)のかんざしを破損させてしまったらしく、皇后はその場で宮女の目玉を突いて瑪瑙を目の中に突っ込んだそうだ。その皇后に呼ばれ、蠟燭の明かりが揺れる部屋の真ん中で嵐静は跪いている。人払いをしているのでふたり以外は誰もいない。

皇太子の行方不明騒ぎが数日前のこと。無事に見つかり事なきを得たが、その時の心労が祟り皇后は風邪を長引かせた。顔色は悪くないようだが。

嵐静がふっと息を吐いたときだった。

「静羽」

布張りの長椅子によりかかって茶を飲んでいた皇后に名を呼ばれた。仮面の顔をあげると、言葉が続く。

「智玄に会ったのか?」

すっと血の気が引いた。

「どこで会った」

「……殿下の思い違いかと。私は……」

知らないと言ってわかって貰えるのか。

「誤魔化すな。智玄が、母上のお付きの者に静羽という女子がいますよね、と申した」

背筋が冷える。それではもう隠しておけないではないか。もっときつく口止めをすべきだった。翔啓がいたことで調子が狂い、警戒心が削がれ記憶に残る時間を過ごしてしまった。灯氏の話題もそうだろう。

いや、彼のせいにすべきではない。本来は智玄に会うべきではなかったことはわかっている。

「いままで静羽のことが智玄との話題に出たことはない。智玄とともに過ごすときにお前をそばにおかないからだ。それぐらいはわかるだろう？」

「おっしゃるとおりです。しかし、殿下が産まれるときには私は後宮におりました。悠永城の敷地は広大、私は後宮から出られません。静羽の存在を知る噂好きの者がいれば殿下の耳にも入ると思います。それで一時の興味が湧いただけかと」

「お前の話も一理あるだろう。だが智玄は十歳の子供だ。頭はよくてもまだ想像力が足りない。会ったことのない者を、ましてや後宮の女子のことを名指しで聞くなど、実際に会って印象に残っているからだとわかってしまうのではと、そこまで考えない」

どうしても会ったことにしたいらしい。嵐静の沈黙の意味を窺っているのか、ふっという皇后の声が不気味に響く。

嵐静はすっと息を吸う。

「……行方知れずになった翌朝のことです。殿下は後宮の外壁修繕の足場にのぼり、降りられなくなっておられました。それを助けたのです」

ふうん、という皇后の声が場の空気を冷やす。

智玄の話で皇后がどこまで見当をつけたかがわからないから、余計なことを話すわけにはいかない。外壁から助け出したことだけならば変に勘繰られはしない。

「それだけか。お前はいま朝と言ったが、殿下が私のところへ戻ってきたのは昼頃だったが」

「……私の部屋に運びました」

「なんと。皇太子を自室に？　怪我をしておったのか？」

「いいえ。少し休んでいただいただけです」

「お前ひとりでか」

他に誰かがいたことを勘繰っているのだろうか。

「はい」

毒蛇がじりじりと寄ってくるような錯覚。呼吸と視線を乱してはいけない。腹の奥に力を込めた。

「……誰と一緒だったのだ？」

「私ひとりです」

誘導されるわけにはいかない。なんのためにここで生きてきたのか。沈黙していると、皇后はまたふふっと笑った。

「流彩谷からくるかの家には、見目麗しい若君がもうひとりいるらしいの」

思わず目を閉じる。

智玄が話したわけではないだろう。もしそうだったら翔啓が後宮に忍び込んだことが知られてしまう。崔侍医長も翔啓に会っているし、涼花が知っているということは後宮の女子の噂にはなっている。耳ざとい皇后の耳にたまたま入っただけだ。

「可愛い智玄の頼みはこうだ」

はぁ、と皇后はため息をついた。

「会ってみたいと申すのだ。静羽に」

友になると約束をしたからだ。健気に慕ってくるその心を思うと胸に針先が食い込むような痛みが走る。

「武術が達者だと聞いたから習いたいという。軍の将軍もいるというのに、なぜ後宮の女子に習いたいなどと……あの子も嘘が下手だ。だが、そこがいじらしく可愛い」

皇太子とはいえ、十歳の子供に期待を持たせるようなことをしたからだ。

「きちんと智玄にお前のことを伝えねばならぬな」

なにを言うつもりなのかはわからないが、嵐静を労わるような話ではないことはたしかだ。聞いた智玄がどう受け取るかなど、考えてはいけない。

嵐静は顔をあげて仮面の下で微笑んだ。

「皇后陛下は聡明にございます」

「皇后の剣はそもそも誰も知らぬ。誰とも語らず、私を守るために壁に囲まれ闇の中で呼吸をしていればよい」

血の気が引き背筋が冷えても、心臓は鳴りやまない。鼓動を打ち続け血を送り、この体は呼吸をしている。嵐静は深く首を垂れた。これでいい。「静羽」はもともと亡霊なのだから。

「十年前に私に誓ったことは覚えておるのだろう？　もしや忘れたとか」

「いいえ」

「そうであろう。お前の大切なものと引き換えにしたくらいだ」

右胸の古傷が疼(うず)く。

この手の中で冷たくなっていく体を抱いた記憶が蘇りそうになり、思考を遮断した。

「智玄には二度と会わせぬ。覚えておれ」

さがれ、と冷たい声が響く。

嵐静は返事もせず、なにも考えずまばたきもせず、ただひとつ息を吸った。嵐静は指示どおり、足音なく皇后の部屋を出て隠し通路へ姿を消した。

夜風で体が冷えないよう火鉢をおこしてくれていた父のもとへ、嵐静は駆け寄った。

「父上」

振り向いた父は「こっちへおいで」と嵐静を抱きあげた。パチパチと火鉢の中の火種が爆ぜている。

もうすぐ雪が降る季節だが、領地に「火龍の棲む山」と呼ばれる紅火岩山を有するこのあたりは、他の土地より暖かく、地上に雪が積もることはない。

常に山の内部に燃える溶岩を蓄える紅火岩山を守り、火を扱う一門として灯氏は歴史を刻んできた。良質な鉄が採掘されるので、昔から鍛冶や細工の職人を輩出しており、時の皇帝や将軍に召し抱えられた者も少なくない。家紋は炎と剣で、勇ましいから嵐静は誇らしかった。十歳の誕生日に家紋入りの短剣を作ってもらったときは飛びあがって喜んだ。

灯氏宗主の父、母は父が幼い頃から通っていた座学の師の娘。他の名家に比べたら屋敷も生活も慎ましいものだったが、両親はもとより一門の皆も仲がよく、いつも笑顔が絶えなかったことを覚えている。

「皇帝皇后両陛下が沁氏の領地に湯治へいらしているのだって！」

「母さんに聞いたのかい？　嵐静。そうだよ。あちらの瑠璃泉に近い湯治場でひと月ほど過ごされるらしい」

「両陛下はどうして来たの？　具合が悪いのかな？」

湯治という文字と意味はわかるけれど、だったら転んで膝を擦りむいたとか、突き指をしてしまったとかだろうか。嵐静が首を捻っていると、父がふっと笑う。

「皇后陛下のお腹に赤ちゃんがいるからだよ」

「母上と同じだね！」

嵐静にはもうすぐ弟か妹が生まれる。日に日に膨らむ母の腹を触っては「兄上だよ」と話しかけているのだ。

皇后も母と同じ。なんだか興奮してホクホクと頬が熱くなってきた。火鉢がいらないくらいだった。

「嵐静、沁氏の宗主には去年の年末にご挨拶したね」

「うん。覚えている」

「では、若様のことは？」

「知ってるよ。舞光様でしょう。春祭りでお会いした」

「あの若様はまだお若いのに聡明で素晴らしいお方だよ。お前よりも少し年上だけれども、きっと親しくなれる。そのためにも勉学に励みなさい」

「父上が望むなら、私は努力します」

舞光が素晴らしい青年であることは誰しもが知っていた。だから、嵐静もそうなりたいと思っていた。彼のように素晴らしい人間になれば、誰にも好かれるに違いない。

嵐静は沁氏一門にもうひとり少年を知っていた。名を翔啓といった。

ひと月ほど前のこと。両親と沁氏領地の流彩谷へ行った。流彩谷では数日間にわたり春祭りが行われており、商店の立ち並ぶ大通りは様々なところから人々がやってきて賑やかだった。軒先に飾られた花束の花弁が舞い、香りが風に導かれる。その先の空を見あげれば鮮やかな灯籠が昇る。日が落ちれば街に提灯が灯り、夜空に花火があがる。

嵐静は買ってもらった姫林檎の串飴を食べながら、宿泊していた宿の一室から両親と花火を見ていた。花火がよく見えるように三階の部屋を父が用意していたのだ。特等席である。どん、ぱらぱら、どん、ぱらぱら。キラキラと火花が円や花などの形を造り、美しさが心に染みてくる。かすかに火薬の匂いが鼻をくすぐる。

ふと下に視線を落とすとまだまだ賑やかな通りを、沁氏の宗主が舞光ともうひとり少年を連れて歩いているのが見えた。

少年はおそらく嵐静と同じ年頃。しばらく彼の様子を見ていると、花火に気を取られ立ち止まる。そして祭りの露店に興味を示し、立ち止まる。楽しそうにしていたが、そのうち眉根を下げきょろきょろあたりを見まわし始めた。大勢の人が行き交う通りを、宿の露台から身を乗り出して見てみると、ずっと先に宗主と舞光たちが歩いているのが見えた。いつの間にか宗主と舞光とはぐれてしまったらしい。

「そんなに乗り出したら危ないぞ。嵐静」

「……ちょっと外を見てきます」

「嵐静！　待ちなさい！」

父が止めるのも聞かずに嵐静は宿の階段を駆け下りた。外に出ると、ちょうど目の前にあの少年がいた。大きな目に涙を溜めて下唇を噛みしめている。

「ねぇ！　きみ、沁の宗主様と一緒にいた子だろう？」

「う。うん」

「私は嵐静。きみの名は？」

「沁翔啓」

翔啓は上等な衣の裾をぎゅっと握って……ああ、これはきっと泣き出す寸前だ。

「はぐれちゃった？　ここのうえからきみのことを見ていたんだ」

見ていて、あとはどうすればいい？　守ってあげなくてはいけない。弟か妹ができるのだから、しっかりしないと。

「あっちに宗主がいたよ」

「ほんと？」

「私が連れていってあげるから。心配しないで、大丈夫だよ」

涙よ、引っ込め。祈りながらその子の手を取ってやると、安心したのか、ぱぁっと笑顔になった。頬が撫子(なでしこ)色、唇が姫林檎みたいで瞳に夜空の花火が映っていて、花火より眩しかった。そんなに喜んでもらえるとは思わなかったから、嵐静は手に持っていた姫林檎の串飴を「食べなよ」と渡した。

「いいの？」

「いいよ。私はもうすぐ兄になるから、飴は食べなくても平気だ」

三つ串に刺さっていたうちの一個は食べてしまったのだけれど。

この子を助けたら、仲よくなれるだろうか。父がいう「聡明な人」になれるだろうか。自分とさほど変わらない大きさの手を引いて、大人たちの足元をすり抜けて、嵐静は一生懸命に前へと進んだ。

「あっ！　舞光兄だ。兄上！」

翔啓の声に、紺色の衣に同じく紺色の髪留めで長い黒髪を括った少年が振り向いた。

「翔啓。舞光だ。探したぞ」

舞光は翔啓を抱きあげると、ぎゅっと抱きしめた。

「舞光兄。ごめんなさい」

「面白いものがたくさんあるから気になるのはわかるけれど、離れてはいけないよ。人攫いに連れて行かれたら大変だぞ」

泣きべその弟を優しく労わる光景が眩しい。安堵の表情の翔啓は、心から舞光を慕っているとわかる。これが兄か。素晴らしい。

嵐静は興奮して舞光に近づいた。

「あのね、舞光兄。嵐静がここまで連れて来てくれたんだよ」

翔啓と舞光の視線がこちらを向いた。

「きみは……灯氏の若君だね」

「はい！　灯嵐静です。宿から困っている様子の翔啓が見えたので、居ても立ってもも居られなくて」

そうだったのですか、と優しく微笑まれてやりきった感で胸がいっぱいになった。きっと鼻の穴も膨らんでいることだろう。父が「お前は興奮すると鼻の穴が膨らむ」といって笑うのだけれど。

「ありがとう、嵐静。とても利発な子だね」

「飴もありがとう！　嵐静」

ふたりに礼を言われて照れくさくて胸の奥がむずむずした。

「兄って大変だ……」

胸に手を当てて深呼吸をしていたら、舞光が「どうしたんだい？」と問いかけて来た。

「いいえ、なんでもありません」

「きみの宿はどこかな？　ご両親も一緒なのだろう？」

はい、と返事をしてもと来た道を振り返る。しかし、人が多すぎて景色が変わって見えて、宿がどこだかわからない。

「あの、ええと」

「わかった。私と一緒に行こう。お前たちの足で遠くまではいけないから、きっとあそこだね」

「舞光。嵐静を見つけたのか？　なにをしているのだ。待ち合わせに遅れる」

重たい砂袋のような太く低い声に顔をあげると、怖い顔の沁氏宗主の舞元が見おろしてきた。

「父上。少々あそこの屋台で座ってお待ちいただけますか。彼を宿までお送りします」

「この子は？」

「私は、と……灯嵐静です」

「彼、迷子になった翔啓をここまで連れて来てくださったのです。この先の宿に灯氏宗主もいらっしゃるようなので、礼を伝えて参ります」

「灯の若君、ありがとう。……舞光、すぐ戻るように」

礼の時も舞元はにこりともしないから、なんだか嬉しくない。まるで舞光と翔啓の怖い部分を粘土で固めて作ったみたいな顔だな、と嵐静は思った。それに、自分の息子が迷子になったのにもうちょっと心配してもよさそうなのに。翔啓の顔を窺ったら困ったような表情を浮かべていた。彼の視線は宗主の背中を見ている。

なぜか腹が立つ。けれど、我慢も必要だな。もうすぐ兄になるのだから。

宗主を見送った舞光は、右腕に翔啓を抱き、左手で嵐静の手を取った。

兄は凄（すご）い。ふたりの小さな子をこうして守れるのか。凄い。凄いぞ。

「顔が真っ赤だね、嵐静。一生懸命に我々を探してくれたんだね。大変だったろう？」

「い、いいえ！　大丈夫です」

「嵐静はとてもしっかりしているね。ねぇ翔啓。嵐静はお前よりひとつだけ年上だったはずだよ」

自分を知ってくれている。なんて嬉しいのだろうか。

にこにこと姫林檎飴を食べる翔啓は、嵐静を指さし突然「嵐静兄」と言った。お腹の奥が爆発したみたいになって、思わず両手で抑えた。

「……うっ」

「お腹をどうしたの？　痛いかい？」

「なんでもないです！」

舞光に問われてまた恥ずかしくなって、背筋を伸ばした。

「私……もうすぐ弟か妹が産まれるんです。兄と言われると緊張してしまって」

「おお、そうなんだ。なんとおめでたい話だろうね。素敵なことだ」

柔らかく笑う舞光の笑顔、彼に抱かれる翔啓。まるで何年か先の自分を見ているようで、楽しみで仕方なくなった。

あのように軽々と弟か妹を抱けるよう、腕立て伏せ百回しよう。明日から、いや今夜寝る前から早速はじめる。あとは勉学に励もう。辛くても下を向かない。そして、己の心に従う。灯氏の者として恥じない生き方をする。

嵐静はぎゅっと拳を握った。

「では嵐静。ぜひ、これから翔啓と仲よくしてやってくれないか？」

「えっ……！」

「だめかな？」

「だめじゃないです！　ぜひ！」

まさか舞光からお願いされるなんて思ってもみなかった。今夜はきっと興奮で眠れそうにない。だったら腕立て伏せを百五十回に増やそう。

そうこうしているうちに、見覚えのある建物が見えてきた。

「嵐静が泊まる宿は、ここではないかい？」

「ここです。よかった……ありがとうございます」

後先考えずに駆け出してしまって、まさか戻れなくなるとは思わなかった。翔啓の兄が舞光で本当によかった。

「嵐静！」

宿の奥から父の声がした。宿から駆け出してきた父が嵐静を抱きあげる。

「出ていってなかなか戻ってこないから、心配したぞ。いま探しにいこうとしていたのだ」

「申し訳ございません、うちの翔啓が迷子になっているのを宿から見て、心配してきてくれたようなのです」

「沁の若君！　これは、これは」

父と舞光が大人の挨拶を交わしているのを、嵐静と翔啓は下から見あげていた。かっこいい。

「もしかして嵐静、飛び出していったはいいものの自分が戻ってこれなくなったのでは？」

さすが父である。そのとおりだったので嵐静はにっと笑ってごまかした。隣で翔啓も真似をして笑っている。

「灯の宗主。嵐静の若君が駆けつけてくれなかったら翔啓は我々とはぐれたままだったかもしれません。ありがとうございました」

「礼など……！　翔啓の若君がご無事でよかったです」

「そういえば、もうすぐお子様がお産まれになるとか。おめでとうございます」

「ご存じですか……ありがとうございます」

「嵐静から聞きましたよ。身重の奥方には馬車旅は大変でしたでしょう」

「ところが妻は体力があり丈夫なもので、二日の馬車旅でもいたって元気ですよ。

我が領地から一番近いのが流彩谷ですから、あまり長旅とは感じません」

「遠回りですがゆったりとした船旅もよいものです。お産まれになったら次回は小船旅をお勧めいたしますよ」

「ありがとうございます。妊婦によいとされる流彩谷の薬草茶などを調達して帰る予定です」

「それは嬉しい！　でしたら、よい店をご案内しますよ。この先の角を曲がり……」

つんつんと腕を突かれた。振り向くと、舞光の手をしっかり握った翔啓がにこにこと笑顔を崩さずにいた。

「また会えるかな、嵐静兄」

「もちろん」

「沁氏のお屋敷に招くよ。瑠璃泉を見せてあげる」

「じゃあそのあと、次は僕のところにおいでよ」

「嵐静兄のお屋敷に行ってもいいの？」

太陽みたいな笑顔を浮かべた翔啓は、その場で飛び跳ねた。そんなに嬉しそうならきっと約束を守らねば罰が当たる。

だって僕はもうすぐ兄になるのだから。

「紅火岩山の炎を見せてあげるよ」

どん。また花火があがった。

見せてあげる。また会おうね。そんな小さな約束を交わした。

その後、翔啓と何度か文のやり取りをしていた。数日前に届いた文の返事を書いた日のことだった。激しい夕立に降られた灯の領地はその夜、真っ赤な炎に包まれ、雨は血に染まった。

灯氏逆賊、皆殺しの怒号と悲鳴が飛び交う。

なにが起きたのか、嵐静には理解できなかった。どうして？　誰がこんな乱暴なことをするの？　理由も告げずに人々を殺していくなんて、こんなこと許されるはずがないでしょう？

屋敷に火が放たれていて、真っ赤に燃えている。道や川に遺体が落ちている。あちこちに血が飛び散って、鎧の兵士が屋敷の兵を乗り越えている。嵐静は怖くて立ち尽くしていた。

「逃げろ！」

父は両手に剣を持ち、血だらけの顔を拭おうともせずに微笑んだ。

「嵐静。母さんを頼む」

「父上は？」

「私はここを……お前たちが帰る場所を守らねば。産まれてくる子のためにも」

「一緒に逃げようよ、父上……！」

無言で首を横に振る父。繋いだ手は血でぬるりとしていたが、誰の血なのか。父は、泣き叫ぶ嵐静と身重の母を小さな馬車に乗せた。

御者は宗主に長年仕えていた老人で、嵐静は権じいと呼んでいた。権じいが馬に鞭を入れ、別れの言葉もうまく言えないままに馬車は走り出した。屋敷も山もなにもかもが燃えている。

火を守る灯氏が、こんな風に焼かれてしまうなんて。

「どうして？　なにがあったの？　母上は知っているの？」

「嵐静……」

狭い馬車の中で、母は翔啓を強く抱きしめてくれていた。怖くて悔しくて仕方がなかった。流れる涙を何度も拭ってくれ「大丈夫よ」と優しく、何度も何度も。

途中、雨上がりの朝を迎えて更に馬車は走った。

馬車の揺れと疲労から、母の腕のなかでいつの間にか眠ってしまっていたらしい。

どんっという振動で目が覚めた。その瞬間、馬車がなにかにぶつかったらしくどっちが上なのか下なのかわからなくなった。体のあちこちが痛い。外で馬の嘶き(いなな)と蹄(ひづめ)の音も聞こえる。

「嵐静、大丈夫なの？　痛いところはない？」

聞こえた母の声は小さかった。

「なんともないよ。母上こそ体のどこかを打っていないといいのだけれど」

権じいはどうしたのだろうか。夕方で馬車の中も暗く、手探りで母の手を取った。

「母上」

「私は大丈夫よ……しっ」

外から足音が聞こえてきて心臓が跳ねた。馬の蹄の音ではなく人間の足音で、ひとつではなく複数だ。どうやら森の道を走っていたこの馬車は木に引っかかっているらしく、母が乗っている方に傾いている。物見窓を少し開けて見てみると、雨が降っていて、松明(たいまつ)を持った鎧姿の男たちが数人、誰かを追いかけまわしていた。権じいだ。彼は脚をもつれさせて水たまりに転倒し、水しぶきがあがる。そこへ鎧姿のひとりが剣を振りかぶった。嵐静は思わず物見窓を勢いよく閉めてしまった。権じいの悲鳴が聞こえて、次いでドサリとなにかが崩れ落ちるような音がした。

鎧姿の男は悠永国の兵士だった。

「隊長、馬が逃げちまいました」

「放っておけ。追うだけ我々が消耗する。怪我をしている馬など邪魔になるだけだ」

「そうっすね」

「残党がいる。馬車の中を調べろ」

男たちの声が聞こえ、こちらへ近づいて来るのがわかった。母が嵐静の手を痛いほどに握る。

「嵐静、よくきいて。私の後ろの扉から外に出るのよ」

「は、母上？」

「出れば森に入れるわ。木に隠れて遠くへ行きなさい。あなたは小さいし機敏で頭のいい子。きっと逃げられる」

母は後ろ手で馬車の扉を開けた。雨が激しくなっている。

「なにを言っているの、母上」

「時間がないわ。言うことを聞いて」

「やだ、やだ……」

嵐静は首を横に振った。どうしてひとりで逃げなくてはいけないの？　悪いことをしたわけでもないのに逃げなくてはいけない？　どうして？

母は聞きわけない嵐静の頰を両手で優しく包んでくれる。温かくて柔らかくて、いい匂いがする。そして、いつもしてくれるように嵐静の頰を軽くつまんで「笑って」と言った。その目には涙が光る。

「嵐静、いい？　逃げるのよ。母はあなたを守る役目がある。大丈夫よ、きっと逃げられる」

「私は母上から離れたくない」

「もちろん離れない。私の中に嵐静はいるわ。あなたの可愛い笑顔をいつまでも覚えているから。たとえひとりになっても、母はあなたを愛しています。だから生きるのよ」

頰から温もりが離れる。

「いきなさい！」

「ははうえ……っ！」

抵抗する間もなく背中を強く押されて、嵐静は馬車から転がり落ちた。坂になっていたからそのままころころと転がり、木にぶつかって止まったのだった。

「いたいっ」

兄になるのだから少しぐらい転んだからって弱音を吐かないと決めたのに、涙が出そうなほどに痛かった。湿った木の根が膝を抉って(えぐって)いて血が出ている。歯をくいしばり馬車へ戻るために振り返ろうとした。

そのとき、男たちの怒号と激しい物音と雨音を耳がすべて拾い、すべてを拒否した。

いきなさい。

あの母の言葉は逃げなさいという意味なのか、生きろという意味なのか。

恐怖と悲嘆で指先まで痺れて(しびれて)動けない。

衣が雨を吸い、じっとりと濡れていく。嵐静は木の根に顔をつけてじっとしていた。いま馬車に戻れば殺される。権じいみたいに斬られる。あの兵士たちが立ち去るまで、このままじっとしていることに決めた。

「行くぞ！」

隊長と呼ばれていた男の声が、引きあげを合図していた。顔を出すわけにいかないから、音だけで判断した。はやくいなくなれ。様子を窺っていると、兵士数人は馬を走らせて雨の中どこかへ去っていった。

もう雨の音しか聞こえなくなった。出ていってもよさそうだと思い、血の出る膝を拭って立ちあがる。だいぶ下まで転げ落ちてしまったらしく、馬車まで戻るのに何度も何度も足を滑らせた。

「母上」

なにが起きたのか理解するのに時間がかかる。嵐静を馬車から逃がしたあと、どうなったのかわからないけれど、ひとりで逃げなさいもいきなさいも、いまは守ることができなかった。なぜ言いつけを守らなかったのかと叱ってもらうために、嵐静は馬車の扉に手をかけた。扉の隙間から血が流れだしている。そっと扉を開けると、母が転がり落ちた。自分の体を抱くようにして丸まったまま、背中から腹にかけて矢が貫いていて、首からも血を流していた。

「母上」

母の体を抱く。ずっしりと重く湿っていて、これはふたりぶんの重さなのだと感じた。温かかったあの母の体、命を育んでいたこの体が、腕のなかでだんだんと冷たくなっていった。

「兄になるんだから」

口に出してみたその決意は、もう叶えられない夢になった。薄く開けた唇に雨と涙が入り込んで飲んでしまい、むせて咳きこんだ。

「母上、ねぇ？　私はもうすぐ弟か妹ができるんでしょう？」

矢が突き出た母の腹に手を当てた。冷たくなっていく、血の繋がった命の終わりを、嵐静はなすすべなく見送る。温もりの一滴まで手のひらに象るようにして何度も撫でた。息ができなかった。自分の慟哭すらも聞こえない激しい雨音が、何時間も鼓膜を叩いていた。

どうやって森の中を通って来たのか覚えてない。

いつの間にか雨は止んでいて、朝日が昇ろうとしていた。雨上がりの森は靄がかかり、濡れそぼっていた体を余計に消耗させていた。

手のひらと指先がじくじくと痛んでいる。雨の中、手ごろな枝を拾ってきて長い時間かかって森の地面に穴を掘った。雨のせいで土は柔らかくなっていたが、母の体が入るくらいの深さを掘るのは骨が折れた。木の皮が指に突き刺さっても、爪がひび割れても、泣かずに掘った。途中、もしかして兵士が戻ってくるのではないかと気が気ではなかった。あいつら、誰を殺したのかわかっているのだろうか。灯氏宗主の妻だということを確認しなかったのだろうか。馬車に灯氏の家紋はつけていなかったけれど、身なりのよい婦人が乗っていると気がつけば、ただの残党だと切り捨てはしなかったのではなかったか。

きっとあいつらは馬鹿なのだ。なにが悠永軍だ。あんな能なしたちに見つかってしまったために母は殺された。たとえば嵐静は斬られても、母は身重だったし、命乞いをしたら囚われの身になろうとも命が助かったかもしれないのに。

私は死んでもよかったのに。

懐に持っていた短剣を取りだし、鞘から抜いてみる。ひとりになってなにをしたらいい？　どこへいけばいいのだろう。これで命を絶つこともできるかもしれない。でも、母の「いきなさい」という言葉が留まらせていた。

母の亡骸を掘った穴に寝かせ、濡れた落ち葉をたくさんかぶせた。母の美しい顔と体に土をかける気になれなかったから。母は左手人差し指に紫色の石の指輪を常につけていた。冷たくなった母の指からそれを抜き取ると、嵐静は自分の左手の親指にはめた。

「母上、きっと迎えにくるからね」

何度も落ち葉をかぶせた。かぶせているうちに、母は花が好きで庭に色とりどりの花を世話していたことを思い出し、両手に掬った濡れた葉が花弁に見えた。

どれだけ歩いただろうか、朝の光が目に突き刺さる。またしばらく歩くと開けた場所に出た。大きな川が流れている。ふと、あの馬車はどこへいこうとしていたのだろうと考えた。ただ逃げろとしか、あの混乱のなかでは理解ができなかったし覚えていない。

紅火岩山から一番近いのが流彩谷だ。もしかしてこのあたりは既に流彩谷なのだろうか。紅火岩山からどこをどう通ったら流彩谷へいけるのかも知らないし、道しるべもなにもわからない。ここがどこなのかも。ただ、紅火岩山から流彩谷へは馬車で二日かかる。馬車の中で一度朝を迎えているのだから、紅火岩山を出発して二日経っている。

傷だらけの体を洗おうと、川の水に手を入れた。

「冷たい……紅火岩山の川の温度と違う」

石の上に座って手を洗った。酷く染みてしまいあまりの痛さに涙が出てくる。川の水を口に運んだら、喉をすっと通って体にいきわたるようだった。喉が渇いていたのだろう。がぶがぶと水を飲むと、仰向けに寝転がった。

ゴロゴロした石が背中に当たって痛いのに、もう動けなかった。疲労困憊(こんぱい)で体のあちこちが痛むし空腹だった。寂しいし痛い。憎くて悔しい。

「父上、母上」

母のことを父に伝えなくては。嵐静は急に焦燥感に苛まれて上半身を無理やり起こし、消えてなくなりそうだった力を振り絞って立ちあがる。

そうだ。紅火岩山へ、灯の屋敷へ戻らなくては。だって父は「お前たちが戻る場所を守る」と言った。だからきっと嵐静の帰りを待っているはずだ。

灯氏は逆賊なんかじゃない。

「戻らなくちゃ」

どうしてすぐに紅火岩山へ帰ろうと思わなかったのだろうか。

川に背を向けて一歩を踏み出したところで、嵐静の意識は途切れてしまった。

父と母の夢を見ていた。三人で穏やかな食卓を囲んでいて、母の膨らんだお腹を撫でて嵐静は鼻の穴を膨らませていた。しかし、瞬きをしているあいだに闇のなかにひとりぼっちになった。

「嵐静はもうすぐお兄さんね」

母上、私はどうしたらいいのですか。父上のもとへいかなくてはいけないのに、体が動かないんだ。

「嵐静、嵐静兄！」

視界がうっすらと光を帯びていく。名を呼ばれて、ああそうだ自分の名は嵐静だと確認し、次に全身がだるくて痛くて思わず呻いた。

「うう」

「だいじょうぶ？」

どうしてこんなにも具合が悪いのかわからなかった。けれど、段々と戻って来る記憶が夢ではないと、体の痛みが示していた。目を覆って気づいたけれど、両手は手当てをされていた。母の指輪もそのままだった。

「嵐静、すごくうなされていたよ。大丈夫？」

「しょ、翔啓？」

「うん」

「どうしてきみがいるの？」

「どうしてって……僕の家が近いからね。魚を捕まえようと川へいったら、嵐静が倒れていてびっくりした」

あの川はやはり流彩谷だったのか。しかしいまはどこか屋内にいるようだった。

「あちこち傷だらけだったよ。本当は瑠璃泉があれば治りがはやいんだけれど、勝手に持ってこれないんだ。でも傷薬を取ってきて使ったから、痛みもひくと思うよ」

「わざわざ屋敷から薬を？」

うん、と翔啓は頷いた。

視線を動かすと、天井はところどころ木が剝がれて、破れた障子や穴のあいた扉が目に入った。朽ちる寸前の廃屋のようでいて、しかし茶具があったり寝具が畳んであったりと、生活感がある。卓はきちんと拭き掃除をしてあるようで埃がなく、本が重ねて置いてあった。

嵐静が寝かされているのは寝台で、かけてあるのも清潔な掛布だった。

「ここは……どこ？」

「流彩谷の山の中だよ。そして僕の秘密の場所なんだ」

「秘密の場所って、ここはきみの隠れ家かなにか？　沁氏の二番目の若君ともなると、十歳かそこらで自分の屋敷を持てるのか？」

帰る場所がなくなってしまった嵐静は、自分の現状と比べてしまう。

「屋敷だなんて。ぼろぼろになってしまったけれど、ここは昔、僕が本当の父さん母さんと住んでいた家だよ」

本当の父と母と聞いて、嵐静は混乱してしまった。舞光が兄、宗主が父親ではないのか。首を傾げていたら、翔啓が笑う。なにが可笑しいのか。

「僕はね、舞光兄の本当の弟じゃないんだ。宗主も父じゃないよ」

「そ……うなんだ。知らなかった。ごめん」

「謝ることはないよ。僕の父さんと母さんは沁の分家なんだけれど、病気で死んじゃって、もういないんだよ」

そうだったのか。どう返していいのか言葉に詰まる。

「あ、ねぇ嵐静。お茶を飲む？　果物も持って来たんだ。あと粥もね」

あれこれと荷物を出す翔啓。嵐静は体の痛みを堪えながら無理やり起きあがり、寝台から降りようと足を床につけた。

「いたっ」

「無理しちゃだめだ。足首も痛めていたみたいだよ。腫れていたから」

包帯が巻かれてあり、手当てが施してあった。気が付かないうちにあちこち傷をこさえてしまったらしい。

「さすが医者の家の子だね。手当てをしてくれてありがとう。恩に着るよ。でも……私はもういかなくちゃ」

「嵐静は動いちゃだめだよ。何日か安静にしていなくちゃ」

「安静になんてしていられない。私は紅火岩山へ帰らなくちゃいけないんだ。父上に母上のことを伝えなくちゃ」

　母と口にしたら、無意識に涙が溢れてきた。喉が詰まって声が出ない。

「だめだよ、嵐静。いかせない。ここにいて」

「どうして？　止めたって無駄だ。なんの権利があって引き留める？　私は行って、伝えないといけないんだ」

　尚も立ちあがろうとする嵐静の腕を、翔啓がつかんだ。

「嵐静、お願いだから僕の話を聞いて。ここに隠れていて。きみの屋敷にはもう誰もいないよ」

　翔啓の瞳に嘘の色はない。じっと見つめてもぶれない。

「なにを言っている？　翔啓、きみになにがわかる？」

「見つかったら大変なことになる」

　表情は真剣そのもので、ふざけているわけではなさそうだ。

「どういうことだ？　見つかったらってなにが？　誰に？　どうしてきみがそんなことを言うの。なにを知っている？　言えよ」

　思わず翔啓の胸倉をつかんでしまう。

「……灯氏に皇后陛下の命を狙った奴がいたんだって」

「まさか」

「宗主と兄上が……話していたのを立ち聞きしたんだ」

逆賊という怒号と燃える屋敷が蘇ってくる。

皇后の命を狙っただって？　あるわけがない。

「うそだ！　そんなこと誰もするわけがない。私の一門は疫病の撲滅にだって一生懸命に働いていたっていうのに、敬ってはいても、灯氏に皇后陛下の命を狙う者がいるわけないだろ！」

「僕もよくはわからない。でも嵐静、これは本当なんだ。沁の皆がどうもできなくて泣いていた。そりゃそうだよね、一緒に北部一帯を守ってきたのだから」

ほら、と翔啓は懐からくちゃくちゃになった小さな紙を取りだした。掲示されていたのを破いて持って来たのかそれは触書で、悠永国皇帝の印があった。

灯氏は皇后の命を脅かし、よって逆賊とし一族殲滅(せんめつ)せし――

「殲滅令……」

頭から冷水を浴びたように、嵐静は指先まで冷たくなった。

「沁氏の一門も、灯氏を助けたかったと思う。もしも皇后陛下の命を狙った誰かがいたとして、どうして灯氏全員が犠牲にならなくちゃいけないのかな。僕はわからない」

「皇后陛下の命を狙って得をする人間が我が灯氏にいるわけがない」

「お腹の子を殺したかったのかも」

翔啓はそうつぶやいたきり、黙った。誰かひとりの蛮行なのか、それとも翔啓が知らないだけで組織的なものなのか。素行の悪い者がいただろうか、善人でも魔がさして金に目がくらんだとか、いろいろと想像をしてみてもなにひとつわからない。

どっちにしても、皇后の怒りを買い灯氏全体に罪が及び殲滅に至ったということは変えられない。

「とにかく、紅火岩山へ戻るよ」

「だめだ。嵐静は灯氏宗主の長男だろ。見つかったら殺されちゃう」

「どうして私を殺すの？　悪いことはなにもしていない」

「国からの殲滅令だよ？　遺体の確認をしてるだろう？　宗主の息子の遺体がなく、灯氏の屋敷にいなければ北部一帯を捜索するでしょう」

母の身分を調べもせずに殺したあんな無能なやつらが、嵐静を確認するわけがない。適当に殺したつもりになっていればいい。

「屋敷を襲いに来た兵士たちは頭が悪いから、同じ年頃の男の遺体を私だとするかもしれない」

「だめだって、嵐静。ここにいてくれよ、誰も来ないから。食事も出せるし、傷が癒えるまでは動いちゃだめ。沁氏の誰にも内緒にする」

「誰も来ないってどうして言い切れるの？」

「岩香熱にかかって両親はこの家で死んだから。いわくつき廃屋には誰も近づかない」

「じゃあどうしてきみは平気な顔してこんないわくつき廃墟にいるんだよ！」

口から勢いよく出た言葉に嵐静はしまった、と思った。

「思い出があるから」

そう言って翔啓が傷ついた笑顔をこちらへ向けたことで、なんて言葉をぶつけてしまったのかと後悔した。

「……ご、ごめん」

「いいんだよ。そりゃそうだよね。五年が経っているけれどここで人が死んでいたら気味が悪いもんね」

彼はきっと、そんな風に蔑まれてきたのかもしれない。蔑まれても笑顔を絶やさずにひとり思い出を抱いている。時々ここへ来て、もういない両親を想(おも)っているのだろう。

「酷いことを言うつもりじゃなかった」

「気にしないで」

首を横に振る翔啓は少し悲しそうに、でもそれを悟られまいとして笑っていた。

「ここまで逃げてきたんだよね。嵐静ひとりで」

「ひとりじゃなかった。途中、母上が殺された」

親指にはめた母の指輪を何度もこすった。きちんと葬ってやることもできず、落ち葉の下で眠っている。いますぐにでもあそこに戻りたい。けれどそれは死と隣り合わせで、母の言いつけに背くことになる。

「迎えにも……いけない」

「嵐静の母上は優しかった？」

「……うん」

「大好きだった？」

「うん」

「そう。僕も父上と母上のことは大好きだったよ。小さかったからあまり覚えていないけれど、優しくてあったかかった」

怪我をしている嵐静の両手を、翔啓は一生懸命さすってくれる。

「私には弟か妹が産まれるはずだったんだ」

「そうだよね」

「兄になるはずだった」

さすってくれていた手を止めて、翔啓は嵐静の両手をぎゅっと握り祈るように指を組んで目を閉じた。長い睫毛が震えていた。

「僕の嵐静兄。生きていてくれてありがとうね」

嬉しくて、悲しい。その小さな手のおかげで胸の苦しさは少し和らいだ。

慰めてくれているだけだとわかっても、翔啓の笑顔は縋れるたったひとつの真実だった。

次の日から、翔啓は二日に一度は廃屋に来て食べ物を置いて行ってくれた。大半は果物やおやきだったが、たまにどうやって手に入れたのか煮物や汁物や粥だったりした。着替えや薬はもちろん、傷に巻いた包帯も替えてくれた。

沁氏の皆に嵐静のことは内緒にしているはず。逆賊の残党を匿っていると知られたら、翔啓の身に危険が及ぶ。

大丈夫なのかと聞くと翔啓は決まって「心配いらない」と答えるのだ。

翔啓の明るい笑顔が安心をくれるからか、嵐静の重苦しい気持ちはほぐれていった。持ってきた食事を、翔啓と一緒に食べることが楽しみだった。

「沁氏の調理担当の人たち、宮廷料理人にも負けないんじゃないの？　こんなに美味しいものを食べているなんて羨ましい」

「宮廷料理は言いすぎかもしれないけれど、そうだね。僕が一番好きなのは砂糖がけの豆なんだ」

「それ、お菓子じゃないか」

「砂糖がけの豆はね、母さんが作ってくれた料理で唯一覚えているものだからね」

「そうなのか。私はそうだな……母上の料理で一番好きだったのは、胡桃餡の焼菓子かな」

「うわぁ、そんなの麓の菓子店でしか見たことないよ。嵐静兄の母上って天才だね」

ふたりで笑いあうことも増えた。お互い、腫れ物に触るような会話ではなく、思い出を手繰り寄せていた。死んでしまってもう会えない人たちのことをたくさん話した。

数日して怪我も癒え動けるようになった嵐静は、手頃な枝を拾ってきて剣に見立て、剣術の稽古を始めた。足首がまだ少し痛かったが踏み込みに問題はない。そして枝での稽古が朝の決まりごとになった。太陽の光を浴びて動くと体に血がめぐって、活力も湧いてくる。

稽古の最中に廃屋へやってきた翔啓が「手合わせ願う！」といって、自分の身長の倍ぐらいある竹を持って向かって来たときは、大笑いして手合わせどころではなくなった。

悲しみの炎に焼かれていた心が癒されていくのを感じていた。このままここで暮らしているのもいいかもしれないとすら。それぐらい、楽しくて穏やかだった。

あんな出来事、夢だったと思いたかった。

そんな生活が一カ月続いたある日のことだった。

翔啓が朝早くに息を切らせて廃屋へやってきた。いつものように風呂敷に食べ物を包んで抱えていた。

「三日前に来た時は雨だったからね、今日は晴れてよかった。靴が濡れてしまうだろう」

「そうだね。翔啓兄はもう朝稽古を終えたの？」

「ああ。今朝は早く目が覚めたから」

「同じだ。僕もだよ」

じゃあ朝餉にしようよと、粥と鶏肉の煮物や果物を卓に並べてくれた。

食事のあいだ、昨日はこんなことがあった、屋敷の誰それが間抜けをやって大笑いをした、といろいろ話をしてくれた。三日ぶりに会った翔啓は相変わらず明るくて、嵐静の心が躍った。

「今日は舞光兄と宗主が不在なんだ。だから夜までここにいられるよ」

「大丈夫か？　そんなに長くここにいたことはないのに」

「うん。明日の朝に帰ってくるそうだから平気なんだよ。嵐静兄はなにも心配しなくていい」

心配するなといってもしてしまうのだけれど。

「翔啓は危なっかしいから気を揉んでしまうんだ」

「そんなに頼りないのかな」

「このあいだは話し込んじゃって、日が傾いてきたのに気づかずに慌てて帰っただろう。大丈夫だったのか？」

宗主に怒られちゃうと言いながら、焦った様子で出ていったのだ。それから三日はここへ来なかった。

「だ、大丈夫だよ。寄り道していて遅くなったって話した」

「叱られたんだろう？　まさかぶたれた？」

「ううん。叱られもぶたれもしないよ。ただ……」

粥の椀をコトンと置いて、翔啓の手が止まる。

「お前はだめな子だって言われるだけ」

にっこり笑う翔啓。沁氏宗主は彼をだめな子だと？

「そんなことはない。宗主はなにか勘違いをしている。翔啓はだめな子なんかじゃない」

「失敗したんだからそう言われても仕方がないよ。僕が悪いんだから」

傷ついた目をして笑って欲しくない。悪くもないしだめでもない。嵐静はなんとか翔啓を励ましたくて頭の中の言葉を駆使して思いを伝えようとした。

「翔啓が帰った後は無音だし、退屈で寂しい。だから長くいてくれるのは嬉しい。きみがいると賑やかで楽しいからね。でもずっといてなんて言えないし、それは私のわがままだから」

「それって、僕がとっても騒がしいってことだね」

「翔啓だって、ここにひとりでずっといたら寂しいだろう？」

「たしかに。両親が死んでからこの家で一緒に過ごしたのは、嵐静兄がはじめてだからね」

「私もだよ。辛くて悲しいことを一時忘れさせてくれるから。だから翔啓はいてくれないと困る」

翔啓はぷっと吹き出した。真剣だったのになぜ笑うのか。

「まるで僕がいなくなっちゃうようなこと言わないでよ。嵐静は心配性すぎる」

明るく笑う翔啓を見ていて、胸がちくりと痛む。自分は生まれてくるはずだった弟か妹を翔啓に重ねている。守れなかった命を彼の存在で償おうとしている。償いは悪ではない。翔啓が元気で笑っていてくれればそれでいいとさえ思うようになっていた。

翔啓が嵐静の生きる理由になる。ただそれだけで胸がふつふつと沸き立つようだった。

「ねぇ嵐静兄、瑠璃泉を見に行かない?」

朝餉を食べてから翔啓が提案してきた。

「あそこって沁氏の者以外は許可なく立入を禁じられているだろう?」

「うん。境界線があるから、その外からなら。見える場所を知っているんだ。遠くからちょっと見るだけなら大丈夫だよ」

「ふうん。翔啓がそんなにいうなら」

「見せるねって約束したでしょ。天気のいい日はなおさら美しいんだよ」

そんな約束をしたことを嵐静自身は忘れていた。紅火岩山へ連れていくことは、いまはできない。だから、いつか連れていってやろうと心に誓った。

善は急げとばかりに、朝食のあとにふたりは廃屋を出た。

「道案内をするから、嵐静兄は僕についてきて」

「はいはい。頼みましたよ」

天気がよく、見上げれば吸い込まれそうな青空が広がっていた。翔啓は道案内役なのに何度も振り返って嵐静に話しかけるので、時々つまずき転倒しそうになっている。

「いいから前を向いて！　転んだら危ないだろ」

弟がいたならきっとこうだったのだろうな、といまでも思うし、思えば胸が苦しい。まだ悪夢を見るし、ひとりの夜は指を噛みながら泣いてしまうこともある。でも、あの廃屋で待っていれば翔啓が「嵐静兄！」と名を呼んで駆けてきてくれるから我慢できた。

山道を長いこと歩いて、足が痛くなってきたころだった。

「水の音が聞こえる」

山道は森の向こうに続いていた。またしばらく歩いていくと森が途切れて、木の柵が並ぶ岩場に出た。

「嵐静兄、その柵の下が崖になっているから覗いてみて」

いわれたとおりに柵から身を乗り出した。足の下から何本もの水の糸が落ちており、そのはるか下に、青空とも夜空とも違う青色の大きな泉となっているのが見えた。

「うわ……」

「あれが瑠璃泉。僕たち沁氏が昔から守る場所だよ」

流彩谷の瑠璃泉。話には聞いていたが見るのははじめて。そもそも許可がなければ沁氏以外は立ち入ってはならないのだから幸運なことだと思う。

「言葉にできない美しさだね」

流彩谷は水の沁氏、紅火岩山は火の灯氏。北部一帯に生きる片方は滅んでしまった。ただ、一門が滅んでも紅火岩山は炎を抱き息づいている。

「翔啓。私はもういくよ」

「いくってどこへ？」

「まだ決めていない」

翔啓に行先を伝えればきっと探しにくるに決まっている。まずは灯氏の屋敷へ戻ることから考えよう。もう灯氏残党を追う皇軍もいないだろうと思う。もしいたとしても、自分ひとりなら隠れることができる。

「いつまでもあそこにいるわけにもいかない。怪我もよくなったことだし、追手もここへは来なかった」

そっか、と翔啓はため息をついた。

「いつか言いだすと思っていたけど」

「鋭いな。さすが翔啓」

「ちょっと寂しいけれどね。嵐静兄の心に従えばいいと思う」

「世話になった」

「迷子になった僕を助けてくれたお返し。あのときの恩は忘れない」

「私も、翔啓への恩は忘れない」

翔啓がいなかったらあの河原で死んでいただろう。追手に捕らえられていたかもしれない。

「僕はいつでも嵐静兄の味方だから」

命の恩人は、いつものように屈託なく太陽みたいに笑った。

廃屋に戻り、翔啓と一緒に夕餉の準備をした。食べたら翔啓を帰そうと思うものの、時間が許す限りは一緒にいたい。

「無理しないで、夕餉のあとはすぐ帰りなさい」

「なんか舞光兄みたいな話し方をする」

「からかうな」

「わかりました。約束は守るよ」

夜空には月が綺麗に出ていた。だから夕餉を縁側に持って行って食べることにした。

「私は中秋の月見をしながら、縁側でこうして両親と夕餉を食べたな」

「いいなぁ。僕はよく覚えていない。小さかったから」

「沁氏のお屋敷では？」

「中庭で大人たちが月見をしながら酒を飲んだりするよ。僕は月餅を貰って、すこし離れたところから皆を見ているんだ」

月を眺めるのではなく、団らんを見るのか。やはり寂しい思いをしているのだろうか。本当の家族ではないから。

縁側に寝転んで、翔啓は「綺麗だなぁ」と呟いている。

「こうしてると月に向かって落ちて行きそうだね」

そうだね、と答えながら嵐静も隣に寝転んだ。食べてすぐに横になるとお腹が痛くなると母から教えられていたのに、行儀が悪い。でもいま注意する大人はいない。ただ、陰から翔啓の両親が見ているかもしれないけれど。

「翔啓には夢がある?」

「夢?」

「そう。こうしたいとか、ああなりたいとか。たとえばそう、十年後とか」

「十年後か。なにをしているだろうね。想像もつかない」

嵐静は?　と問われ、少し前まで描いていた夢は崩れ去っている事実を奥歯で噛み殺す。

「月を見ながら酒を飲んだりするのかな」

「僕も同じことを思っていた」

「いつかまた、こうして翔啓と過ごせるといい」

翔啓はなにか言いたそうにこっちを見ていた。五年後か十年後か。約束はできないけれど、きっと楽しく過ごせる日が来る。

そのためにはひとりになることも必要だ。永遠に孤独なわけじゃない。友がいるじゃないか。

瑠璃泉を見に行った二日後の朝だった。嵐静は今日、この廃屋を出る。

その日は霧雨が降っていて肌寒かった。雨が止んでから出発をしようかとも考えたけれど、決意が揺らぐので憂鬱な雨のことは考えないようにした。

嵐静が身支度を整えて笠をかぶり、廃屋の扉を開けて外に出たときのことだった。

翔啓が走ってくるのが見えた。雨具も持たないで濡れるじゃないか。わざわざ見送りに来たのかと思い手を振ろうとした。が、様子がおかしい。なにかを叫んでいる。

「嵐静！　逃げよう！」

なにを、と聞き返す前に翔啓は嵐静の手をつかんで廃屋の裏手へ連れていく。

「ど、どうしたの翔啓。ずぶ濡れじゃないか」

「ごめん。ごめんね、嵐静。匿っているのが知られた」

すっと全身の血の気が引くのがわかった。

「軍が、きているのか？」

嵐静の問いかけに翔啓はこくりと頷いた。灯氏の惨事を思い返せば、どんなことをされるかわかったものではない。

「沁の皆さんは無事なのか？」

「うん。それは大丈夫。宗主と舞光が話をしてくれているんだけれど、お前はなにも知らないって答えなさいって……」

ここへはいままでに誰も来なかったが、もしかしたらどこかで人目についていたのかもしれない。

「どうして知られたんだろう。沁氏の人たちに嵐静を匿っていることを責められるならまだわかるけれど、いきなり悠永軍がくるっておかしい」

「出るのが遅かったな。迷惑をかけてごめん。翔啓」

「そんなことといいんだ。早く逃げよう」

「どこへ？」

「この屋敷の裏の道をとおり、森を抜けていけば川に出る。桟橋に流彩谷の皆が使える船があるから、そこから嵐静兄を逃がす」

いこう、とまた翔啓に手を引かれた。

「待ってくれ、翔啓。私は」

「考えている場合じゃないよ！　嵐静は逃げなくちゃ捕まる！」

捕まればどうなるか。

うまく逃げられるかという不安を振り切るように、嵐静は翔啓と走った。

子供の足で逃げ切れるわけがないと知るのはすぐだった。馬の蹄の雨で濡れた地面を叩く音が不気味に響いて、嵐静と翔啓は桟橋に追い詰められた。

見つけた船は炎に包まれていた。

騎馬兵が十。あとから馬車が一台。兵士は皆、あの日と同じ鎧姿だ。

「翔啓は向こうにいって。きみは関係ないから、助けてもらえ」

「なに言ってるんだよ。だめだよ、嵐静をひとりにできないよ」

どっちにしてもこの状態ではどこへもいけない。翔啓だけはなんとしても家に帰さなくては。

「ごめんな。私が翔啓に甘えなければ、こんなことにはならなかった」

ひとりですぐにどこかへいけばよかった。翔啓が灯氏残党を匿っていると知られることもなかった。沁氏にも迷惑をかけてしまった。

馬車からひとりの女子が降りてくる。垂れ衣のついた笠をかぶり、顔は見えない。ひとりの兵士の腕につかまりこちらへゆっくりと歩いてくる。そばまできて気づいたが、女子は母と同じように腹が膨らんでいた。

「皇后陛下、足もとにご注意を」

兵士の言葉に「嫌な雨」と女子はつぶやいた。

垂れ衣の隙間から、冷たい美貌がのぞいた。彼女が悠永国の皇后。嵐静は奥歯を痛いほど食いしばった。

「お前が灯氏の残党、息子の嵐静か」

知っているならいちいち聞くなと思い、嵐静は皇后を睨みつけた。すると翔啓が嵐静の前に飛び出してきた。

「皇后陛下！　お願いですから見逃してください。嵐静はなにも悪いことをしていないのです。彼はなにも知らない。だからお願いします」

「翔啓！　やめろ」

「沁氏の若君。その者がよほど大切なご友人なのね。庇いたい気持ちはわかるけれど、私を害そうとした一門の残党をこのまま残しておくわけにはいかないわ」

「嵐静がやったわけじゃありません」

「……が、宗主である父親の罪だ」

気が遠くなりそうだった。まさか父が？　そんなわけがない。濡れ衣だと叫ぼうとしたら、皇后のうしろからひとりの兵士が出てきて、翔啓を殴った。

「翔啓！　大丈夫か！」

殴られた衝撃で翔啓は倒れ込んでしまった。兵士は倒れた翔啓の衣の襟をつかんで立たせ、こっちを向かせる。

「……やめて！　どうして関係ない彼を殴るんですか！」

翔啓は殴られた拍子に切れたのか唇の右端から血を流していた。

なんてことを。私なんかを庇ったためにこんな目に遭って。

「友を助けたいなら、こっちにこい」

「卑怯(ひきょう)だ！　翔啓を盾にするな。彼を放してよ。それ以上怪我をさせられない」

「わかっているならこっちにこい。手間をかけさせるな」

嵐静はゆっくりと皇后のほうへ歩き出した。ふん、と兵士がせせら笑う。その隙に翔啓が兵士の手を逃れて、嵐静の前に立ちはだかった。

「だめだ！　嵐静に手を出さないで！」

「翔啓！」

嵐静を庇う翔啓をどけようとしたときだった。皇后が、兵士が帯びている剣をすらりと抜いて、こちらに向けた。

「美しい友情劇を繰り広げられても、虫唾が走るだけよ。そんなものなんになる」

冷たい瞳を嫌悪で歪める皇后。剣を向けられさすがに腰を抜かしたのか、翔啓がその場に座り込む。

「灯嵐静。恨むなら父の罪を恨みなさい」

「父さんのせいじゃない！　なにか間違っている！」

皇后の剣は嵐静の首にぴたりと当てられた。そのまま引けば血が飛ぶだろう。

「やめろー！」

翔啓が皇后の足に縋って叫んだ。危険だ。懐妊中の皇后に触れることなど許されない。思ったとおり、皇后は鬼のような形相で翔啓を蹴りあげた。くぐもった声がして翔啓が腹を抱えて背を丸め、そこをまた兵士が襟をつかんで立たせた。

「やめてくれ」

大切な友を何度も殴るな、蹴るな。やめろ、もう。自分のせいで怪我をする人を見ていたくない。

「なにをする。汚い手で触らないでほしいわ」

皇后は剣を嵐静ではなく翔啓に向けた。兵士に立たされた翔啓は、苦痛に顔を歪めながら皇后を睨んでいた。

「お腹の子が将来、真実を知ったら悲しみませんか。皇后陛下」

翔啓の言葉に、皇后は形のよい唇だけで笑った。

「……なんのことだか」

皇后は翔啓の胸へと剣先を当てる。ぞっとして嵐静は思わず叫ぶ。

「やめてくれ！」

反射的に足が動いて、嵐静は翔啓と皇后の前に駆け込んだ。

「私に逆らうなら死ね。ふたりとも」

皇后が構えた剣はそのまま嵐静の右胸を貫いた。肩に翔啓の顔ががくんと傾き、後ろで彼の体が崩れ落ちるのを感じた。剣は嵐静を貫いて、翔啓も傷つけたのだ。

自分から引き抜かれた剣は血だらけで、雨粒で洗われていった。急所が外れたのか、まだ動ける。痛みが酷いけれど意識ははっきりしていた。

「しょう、けい」

翔啓は右胸から血を流して倒れている。赤い傷口に手を当てて押さえても、指のあいだから血が漏れていく。

このままじゃ、死んでしまう。

「どうだ。友の血は温かいか？」

皇后が鼻で笑っている。

倒れて動かない翔啓の体を抱いて、何度も名を呼んだ。もう誰も亡くしたくないのに。

「私はどうなってもいいから翔啓を助けてください。恩人なんだ」

翔啓の血だらけの手を握っても、力なくぶらりと垂れ下がるだけ。あんなに元気だったのに。太陽のように明るく笑っていたのに。

腕の中で冷たくなっていった母のぬくもりと重なって、胸の奥から悲しみの火が噴きだしてしまいそうだ。

「お願いします。なんでもする。皇后陛下の言うとおりにしますから、だから翔啓を手当てしてください。彼だけは助けてください」

命乞いは腕の中の友のためだ。自分の命じゃない。

「私はどうなってもかまわないから！」

垂れ衣の隙間からのぞいた皇后の冷たい笑顔に向かって、嵐静は何度も何度も叫んだ。皇后は兵士になにかを指示した。兵士はこちらに歩いてきたから、自分はきっと殺されるだろうけれど、もう一度「助けてください」と目を閉じた。ところが兵士は翔啓の体を嵐静からむしり取り、抱きあげて馬車へと運んだ。それを追う力が嵐静にはもう残っていなかった。

「なんでもすると言ったな。嵐静」

「お……お約束します……皇后陛下の御為にこの命を」

這いつくばる嵐静の頬に、剣の切っ先が当てられる。

ここで自分が命尽きても翔啓が生きるならば、それでいい。

「その言葉を忘れるな」

わかりました、なんでもします。遠ざかりそうな意識に逆らって、力を振り絞って返事をした。傷が痛み、血の流しすぎで目眩がする。もう起きあがることができない体を、ようやく支える両腕。その手は翔啓の血で濡れている。

「翔啓を殺さないで」

殺さないで。お願いだから。この命と引き替えでいいから。

声の限りに叫んだ。叫びに血が混じっても。

第五章　迷路後宮

外を散歩する舞光と、彼に寄りそう雪葉の姿を屋根の上から眺めていた。舞光は寝間着姿で紺色の上着を肩にかけ、雪葉は白衣姿。恋人同士というより病人と医者に見える。間違ってはいないのかもしれないけれど。

ふたりはなにやら言葉を交わして、屋敷に戻っていくようだ。若様、そろそろお部屋へ戻りましょう。冷やしてはよくありません。そうだね、雪葉の言うとおりにしよう。でもきみの手も冷えているね。

などと話していたりして。

「なんてなー。あのふたりじれったいんだよな」

さっさと一緒になればいいのに。もしかして翔啓が知らないだけで、反対意見があるのだろうか。あるとすれば宗主だろうけれど。

翔啓が悠永城から戻ってきて十日。雪葉の献身的な看病によって舞光は順調に回復していった。もともと体が弱いわけではないし、過労の蓄積だったので無理やり安静にしていてもらった。舞光の薬草調合は毎日通ってくる雪葉がやり、翔啓はそれを手伝った。羨光と光鈴は宗主の指示を仰ぎながらふたりで交代に屋敷の中を取り仕切った。舞元は無理をさせられないので、いつもどおり相談役。舞元は翔啓が皇太子から雀文様の青翡翠を賜ったことについて、黙って聞いていた。報告が終わると「そうか、皇太子殿下の命に従いなさい」とだけ言い、静かに頷いてくれた。

「俺は賑やかしと屋根からの監視か……」

くしゃみがでた。まだ調べものの途中だったのに、ちょっと休憩のつもりが屋根の上で昼寝をしてしまったのだ。体を冷やしてしまっただろうか。舞光に続いて体調を崩すわけにはいかない。

翔啓は屋根から飛び降りると、屋敷の奥にある書庫へと戻った。

悠永城より戻ってからずっと、書庫の書物を漁っている。

沁氏の書庫には娯楽の書物だけでなく、沁氏の大切な資料や文献が多く保管されている。大半が薬草と瑠璃泉のこと、そして流彩谷の成り立ちなど。その中から翔啓が調べたいのは、過去の出来事についてだった。

膨大な量だから、十日経っても目新しいことはなにも見つけられていなかった。

書庫にこんなに長い時間いたことがない。智玄が教えてくれた疫病のこととその流行時期については同じことがたしかに書き記してあり、銀葉の印があった。

そういえば、銀葉も過去をなにも話さない。べらべらと余計なことを話してまわるような人でもないし、聞かないからだと言われればそれまでだが。

北部一帯を疫病が襲い、撲滅のために戦ったとある一門が全滅した。たったひとりを残して。ここまで探しても、どこにもその記載がないのだ。なにかわけがあって記されていないのか、ただ見つけられないだけなのか。

「ちょっとでも灯氏のことが書かれてあるものがないのかなぁ」

沁氏と関わりがあったのならなにかしら記されそうなものなのに。書棚を片っ端からひっくり返しているつもりだけれど、なんだか無駄な気がしてきた。

銀葉に聞こうか。

座っている机に堆く積んだ本で、視界が塞がれていた。もとあった場所に返そうと何冊か抱えて立ちあがる。書物は奥の書棚にあるものが古く、書庫の入口に近い方が新しい。手前の棚に本を戻して机に戻ろうとしたとき、ひとつの書棚が目につき、一番下に黒塗りの木箱があることに気がついた。中身を改めてみようと、なんとなく手に取る。

封をされているわけでも鍵がかかっているわけでもなかった。躊躇なく箱を開けると、古い封筒がいくつか入っていた。

これは文箱だ。

「宗主宛ての文だ」

差出人は？

「灯……宋静」

他人宛ての文を読む趣味はないけれど、なにが書かれてあるか読まないわけにはいかない。文箱を持ったままその場に胡坐をかいた。

中に入っていた文は全部で五通。すべて舞元宛てで、特別懇意にしているという感じはなく、新年の挨拶だけのものや礼状だった。

どうやらこの宋静は妻と息子がいるらしい。妻のために流彩谷の祭りで薬草を買ったことが思い出として綴られてあった。

「二番目の若君に息子が助けていただいたお礼を申しあげます……二番目の若君？」

羨光のことか？　日付を見ると十年前だったので羨光はまだ三歳かそこらだ。その歳で宋静の息子を助けたのだろうか。宋静の息子の名はどこかに書いていないのだろうかと読んでいく。

「あった。我が息子の嵐静は……」

宋静の息子は嵐静というらしい。

羨光がよちよち歩きのときに、灯宋静の息子の嵐静と仲よくなったということか？　嵐静は羨光と年が近いのだろうか。だとしたらいま十三歳くらい。静羽よりもずっと年下だ。ありえないわけではないが、いまいち状況が飲み込めない。同じ一門なのだから、静羽は宋静のことを知っているだろうか。

過去の詳しい状況が書いてあったわけではないが、灯宋静と息子の嵐静という名を知ることができた。次に悠永城へ行ったら智玄に報告しなくては。

「翔啓、いるかい？」

突然、名を呼ばれて驚き文箱を落としてしまう。書棚の向こうに舞光の後ろ姿があって、物音に気づいてこっちを振り向いた。

雪葉と自室に戻ったのではなかったのか。翔啓は慌てて文を箱に戻して、文箱を棚に仕舞った。

「あっと……兄上」

「なにをしている？　そんなところに座り込んで。机があるだろう」

「なんでもないよ。ちょっと本を戻しに立ったら落としちゃって」

「そうか。気をつけなさい。貴重な本もある」

「うん。そろそろ切りあげようと思っていたところだよ」

そそくさと机に戻って、開いたままの本を閉じて片付けようとした。舞光は肩に上着をかけてさっき屋根から見かけたままの格好で、翔啓の隣に腰をおろした。

「翔啓はなにを調べているんだい？　皇太子殿下とお話をするために流彩谷の歴史を知りたいと言っていたね」

「そうだよ」

「珍しいね。翔啓がそんなのことに興味を示すなんて」

思えば舞光とこういう話をすることもなかったように思う。少し話をしようと、舞光に向き合った。

「両親のこと、ここへ引き取られたことを俺は知るのが怖かったのかもしれない。知ったところで過去は変えられないし、両親に会えるわけでもないから。俺はいまが幸せだし」

「そうか。お前はそういう子だよね」

「けど、知りたいと思うようになったんだ」

そうか、とまた舞光は頷いた。

「流彩谷のなにを知りたい？」

「十五年前に疫病が北部を襲ったのだろう？　そのとき舞光は十二歳だ。覚えている？」

問いかけたら、本を捲(めく)っていた舞光の手が止まる。

「覚えているよ。お前が沁氏に来たときだ」

疫病で両親を亡くし、孤児となった翔啓は沁氏に引き取られた。はじめて舞光と会ったときの記憶はない。両親の死に際もなにもかも覚えていない。

「俺は五歳だ。小さすぎてなにも覚えてない」

「岩香熱のことか」

翔啓が頷くと、舞光は立ちあがって書棚に向かい一冊の分厚い本を手に戻ってきた。

「読むのが大変かもしれないが、岩香熱が詳しく載っているよ。とはいえ、悠永城所蔵の書物にも同じようなものがあるだろうが」

指四本分ほどの厚みがある本だった。読み終わるのにどれぐらいかかるのか。

「はは。ありがとう。読んでみる」

「罹患(りかん)してから重篤化して死に至るまでがすごく早くてね。人がたくさん死んだ。父上を手伝って私もできることをしたよ。そのとき翔啓の両親も尽力してくれたんだよ」

「そうなんだね」

「父上と翔啓の両親は岩香熱にかかってしまって。あの時ほど不安で仕方がなかったことはない」

自分は当時のことを覚えてないからまだいい。舞光はたくさんの苦しむ人たちと遺体を目にしていて、覚えているのだ。伏せた睫毛が瞳に影を作って、苦悩が窺える。

「当時はいまのように立ちまわれなかったし知識も経験も浅かったからね。なにもできなかったといっても過言じゃないよ。私がもっと医者として長けていれば、翔啓の両親も救うことができたのに」

「兄上……そんなことないよ」

「すまない」

翔啓は首を横に振った。はじめて聞いた舞光の苦しさと後悔。そんなことを思っていたなんて知らなかった。

「謝らないでよ。いいんだ、両親が死んだのは運命で寿命なんだ」

「感染するかもしれないから遺体から離れ、目に涙をいっぱいためて歯を食いしばっていたお前の姿を覚えている」

「そっか。覚えてない。でも、ちゃんと父さん母さんの死に対して涙を流せたんだね。知ることができてよかった」

辛くても毅然と舞光は前を向いている。泣き虫なのは翔啓のほうだ。鼻の奥がつんとしてしまってごまかすようにすすったら、舞光は頭を撫でてくれた。

「幼い頃からどうしてお前はこんなに泣き虫なのかな。私のせいだろうか、甘やかしたから」

「舞光のせいじゃない」

年齢も体も大人だというのに、恥ずかしいったらない。泣いたら舞光が助けてくれると思っていた時期もあったけれど、それは翔啓が欲したものだ。舞光が甘やかしたわけじゃない。彼はただ優しいだけだ、底なしに。

「灯氏の人たちのことを舞光は覚えているの？」

「岩香熱で大被害を受け大勢が亡くなった一門だね。これは十年前のことだ。もちろん覚えているよ」

やはり事実か。宋静も嵐静ももうこの世におらず、静羽だけが生き残ってしまったのは本当だったのか。記録が見つけられないが、舞光の記憶には残っている。

両親が死んだのは十五年前。灯氏が被害にあったのは十年前。ただその記録がどこにもない。まるで自分の昔の記憶みたいに。

翔啓の胸の傷はなぜあるのか。幼い頃の記憶が抜け落ち、父と母のことも、沁氏に引き取られたときのことも覚えていない。

なんだか一瞬、自分が何者なのかわからなくなってぞっとしてしまった。

俺はいったい、どこから来た誰なのだろう。

「翔啓」

「なに？」

「お前には、灯氏に友がいたんじゃなかったか？」

意外なことを聞かれてきょとんとする。

「そ、そうなの？」

舞光に逆に聞き返してしまって、彼も首を傾げる。

「私の間違いか？　すまない、忘れてくれ」

「はじめて聞いたよ。俺は覚えてない」

「そう……翔啓が覚えてないのなら、私の間違いだな」

舞光はすっと目を細める。なんだからしくない。

「それって、男かな、それとも女？」

「さぁ。もし顔を見ていれば覚えていたかもしれないが、小さかったお前がそんな話をしていたようだと……いや、どうやら記憶違いのようだ」

「仲がいいならばきっと舞光に紹介していただろう」

「たしかに。一時期座学で一緒だった雷氏の三兄弟と間違えているのかも」

雷氏の三兄弟のことを思い浮かべる。ただ、彼らは現在も交流があって忘れるわけがない。

なぜだか引っかかる。本当にただの記憶違いや勘違いか？　実際、灯氏に友がいたのだろうか。

あの夢は、なにかを意味しているのだろうか。夢でなにを見た？　思い出したくてもうまくいかない。

「うっ……」

先日のように頭痛が襲ってきて、息苦しくなる。静羽を前に意識を失ってしまったことを思うと、これ以上、夢に触れるのは恐怖だった。

「どうした、翔啓」

「なんでもない……ちょっと頭痛がするだけ」

「大丈夫か？　無理をするな。あとで雪葉に薬をもらいなさい」

「落ち着けば治まるから、心配いらないよ」

翔啓は平気だと首を横に振った。

夢のことを考えると頭痛がするのはなぜだ。ただの夢じゃないのか。お前は誰なんだ、なんとか言えよと悪態をついたところでなにも変わらない。

昔のことも、たいして重要だと思っていなかった。いまが幸せならば気にならなかった。

深呼吸をしていると頭痛が遠のいていく。

「どうして俺は父さんと母さんのことも覚えてないのだろう。岩場から落ちて頭でも打ったのかな」

痛みの残りを奥歯で咬み潰しながらそう言って、ため息をついた。すると舞光が笑う。

「なにを言うんだ。そんなことはない」

「もしかして俺、岩香熱にかかったことがあるのかな？」

「それもない。どうしてそんなことを急に言うようになった？　翔啓、お前は健康そのものだよ。私が保証する」

舞光が嘘をついているわけがないけれど、この傷のことも覚えてない。思わず右胸に手を当てた。

「翔啓がここへ引き取られたときには、その傷は既にあったはずだよ」

「そうだね。それは何度も聞いた。死んだ父さんと母さんなら本当のことを知っていたんだろうね」

両親に思いを馳せると、ただ苦しいばかりだった。死んだことも顔も覚えてないから、いままでこんな気持ちになることも少なかったのに。

「うるさいぐらい元気なお前がこうも悩むとは。悩みが悪いとはいわないが」

「なんかさ、俺、いまが幸せなら昔なんてどうでもよかった。だから、子供の頃や両親のことも覚えていなくてもいいと思っていたんだよ」

「殿下と歴史を学びだしてから、流彩谷の様々な出来事が気持ちを乱すのだろう」

「俺の幸せってどこからきたんだろうな」

「……あまり思いつめるな、翔啓」

このぐらいにしよう、と舞光が立った。

ふと手紙の内容を思い出した。うちの息子の嵐静が二番目の若君に、というやつだ。もしかして、二番目の若君とは羨光ではなく翔啓のことだろうか？　だったら舞光がいう、灯氏の友がいたのではないかという記憶が間違いではなかったことになり、繋がるのではないか。

「ねぇ、兄上」

「翔啓兄ー！　どこですかー！　返事してくださーい！」

舞光へ声をかけた途端、外から光鈴の呼ぶ声が響いた。

「翔啓。光鈴に探されているぞ」

「そうみたいだね」

ふたりの姿を認めて、光鈴が慌てた様子でこちらへ駆けて来た。

「翔啓兄！」

「光鈴、どうした？」

「悠永城から！　翔啓兄に文が届きましたよ！」

「俺に？　わかった、いまいく」

こんなにすぐ翔啓あてに文が届くとは、まさか侍医殿からだろうか。

「雀文様と至急の印もありますよっ」

光鈴が長方形の封筒を振っている。雀文様ということは、智玄からの文だ。屋根から飛び降りて光鈴から文を受け取って中を改める。

「……呼び出しだ」

「翔啓兄、なにかやらかしましたか！」

「お前ら本当に俺のことなんだと思ってるの？　で・ん・か！　皇太子殿下から直々の呼び出しだよ。遊びじゃない」

「殿下！」

皇太子からの文だと知り、光鈴は興奮しているようだ。

智玄になにかあったのだろうな。文にはすぐに来て欲しい旨が書かれてある。

「支度をしたらすぐに出立するよ。宗主と兄上にも伝えてこなくちゃ」

自室へ向かう翔啓に光鈴がついてくる。

「お支度を手伝います」

「うん。ありがとう」

暗くなる前に屋敷を出発すれば、流彩谷の麓の街で一休みできるだろう。胡桃餡の菓子を買っていかなくては。あと、忘れてはならないのが侍医殿の制服だ。

「兄上の作業部屋に雪蓮先生がまとめた薬草があるから、それと……」

急にバタバタと忙しくなってしまった。あとなにか用意するものがあるか舞光と雪蓮に聞かなくては。

「その、翔啓兄」

「なんだ？」

翔啓の部屋の前までついてきた光鈴が、袍の裾をつまんでもじもじしている。

「悠永城の後宮には美しい女子がたくさんいるのでしょう？」

「うーん、まあそうだろうね」

「見ましたか？　どんな感じなんですか？」

「……光鈴、なんか勘違いしてないか？　皇帝陛下の後宮だぞ？　俺になんの関係がある」

「だって、美しい女子に夢中になるでしょう。翔啓兄」

「お前ね……大体、悠永城の後宮に入れるわけがないだろう。皇族縁者でもないんだし特別許可も下りるわけがない」

「たしかに。でもでも、翔啓兄の好みの女子がいるかもしれない」

「いたとしてどうなるんだ。それに、女子から夢中になられることはあっても俺が前後不覚になることはない」

「そうですかねー」

「ないよ！」

なんの心配をしているのだろう、光鈴は。たしかに後宮にはたくさん女子がいるだろうけれど、あるひとりを除いてひとりも見ていない。なんだかそれはそれで惜しい気もする。とはいえ、兄という立場で妹に女子に好かれる話のひとつもないのは情けない。

「そういえば……会ったと言えば会ったかな」

「ほら！　会ったんじゃないですか！」

「乱暴なやつだったね。それひとりだけだよ」

「乱暴なんですか！　でも美人なんでしょう」

「そうだね。美人だ」

なんの会話なのかこれは。見栄を張った己を恥じてしまう。頬を真っ赤にしている光鈴は、大人への憧れでこんな質問をしてくるのだろう。

年頃の娘がなにを好きなのかよくわからない。でも、あんまりいじめてはよくない。

「そっかぁ。やっぱり美人なんですね……」

「拘るねぇ？　光鈴は沁いち、いや流彩谷いちの美女だよ」

「やだぁ、翔啓兄ったら！」

光鈴に背中を叩かれて呟きこんだ。

「でもでも、翔啓兄がそういうなら私ももうちょっと……雪葉先生と麓の街で化粧道具とか耳飾りを見てこようかな？　どう思います？」

それに静羽は男だ。翔啓は思わず頭を抱えた。

「って翔啓兄、聞いてます？　どうしたのですか？」

「なんでもないよ。光鈴、話は終わり。帰ってきたらまた土産話を聞かせてやるから、いまは荷造りを手伝ってくれ」

「はーい」

舞元は急な来客があり、屋敷の別棟に行っているらしかった。その足で舞光の部屋へ行くと雪葉もいたので、ふたりに、これから悠永城へ向かうことを伝える。

「父上には私から伝えておく。荷造りは済んだのか？」

「うん。あとは兄上と雪葉先生が持って行けというものを準備する。なんだか慌ただしくてすまない。至急の印があるからのんびりもできないと思うんだ」

「殿下の体調が悪くなったとかでなければいいが」

「そうじゃないと思うけど。文は殿下が書いたものだもの」

子供に呼び出された大人という気持ちだが、相手が皇太子なので行かないわけにはいかない。体調不良は甘味の食べすぎだったからきっと控えているだろうし、文は智玄からだからきっと元気だろう。

「翔啓。無事に戻れ」

「兄上も、無理しないで待っていてくれ」

「本当は一緒に行ければいいのだが」

「大丈夫。数日で戻るんだから。兄上はきちんと休んでいてよね」

と忠告をしたところで、舞光の性格上ゆっくりしてはいないのだろうけれど。

「雪葉先生、兄上のことをよろしくお願いします」

ご心配なく、と雪葉は頷いた。彼女がいてくれれば安心だ。

馬車には皇太子用の薬草をひと箱、瑠璃泉をひとかめ積み込んだし、きちんと仕事も果たせる。薬の苦さを緩和できるようにと、雪葉は飴玉も用意してくれていた。

夕陽がさしてきたころ、馬車一台で沁の屋敷を旅立った。流彩谷の麓の街で胡桃餡の菓子と、ごま団子、そして月餅を買った。

静羽に食べさせてやりたかったから。宮廷料理には敵わないけれど、きっとあそこでは食べられない菓子だ。智玄と静羽と三人でこの菓子を食べられれば楽しいだろうなと考えたが、そう簡単に三人は集まれないだろう。

全員立場が違いすぎる。普通の友として出会えればどれだけ気安く笑いあえただろう。智玄だって青翡翠などなくてももっと簡単に翔啓を呼べるし、翔啓も会いたいときに智玄に会いにいけた。

静羽はあの仮面を取り、普通の青年として生きられた。

今更だけれど、静羽はなぜ後宮にいるのだろう。聞いたところできっと教えてくれない。そこまで信頼関係が築けているわけじゃないからだ。灯氏が静羽だけになったことに関係しているのだろう。

翔啓は買った菓子を抱えて、店を出て馬車へ向かった。ふと立ち止まり、星空を仰いだ。窓のない静羽の部屋からはこの星空は見えないだろう。

次の日。朝日の中、もう少し行けば悠永城の都に到着という森の道を進んでいた。このあたりまでくると、旅の者が利用する茶屋や宿屋もちらほらと見かける。これからきっと何度も通ることになるのだろう景色を、馬車の中から眺めた。

城門で雀文様の青翡翠を見せると、止められることなく門を通された。

「やっぱりすごいんだなぁ、皇太子殿下って」

いままではじろじろ見られたり引きとめられたり、そういえば長い距離を歩かされたこともあった。それに比べたら扱いも段違い。信頼の証の効果は絶大ってわけだ。

城門をくぐり、悠永城敷地内へと続く、高い壁に囲まれた通路を進む。物見窓から外を見たら、壁伝いに大きな幌馬車が数台並んで止まっており、その前を沁氏の馬車はとおりすぎていく。幌馬車のまわりには、太鼓や笛や月琴などの楽器を持っている女子たちがいて談笑中だった。色鮮やかな布を頭と腰に巻いた青年や、顔を紗の布で隠した踊り子のような娘もいる。

今日は城でなにか催し物でもあるのか？　もしくは終わって帰路につくところなのか。あとで智玄に聞いてみよう。

もうすぐ智玄のもとへ辿り着く。翔啓は手持ちの荷物を確認した。

舞光に教えて貰ったあの分厚い本も持って来た。薬については侍医殿に運んで貰うので崔に任せるとして、岩香熱と灯氏について智玄と語らいたい。なにか新たなことを知る機会になるかもしれないし。

飛風殿のそばへ通じる塀に囲まれた通路を馬車は進む。停止したので馬車から降りる合図を待っていると、いきなり扉が開いて何者かが乗り込んできた。

「なんだ！」

大声を出そうとしたら「しっ」と静かにするよう指示される。その人物は頭巾付きの外套で顔を隠していて、小柄な体をしている。

「言うことを聞けば命は助けてやる」

襲撃か……？　城内で襲われては、騒ぎになってしまう。身構えていると、頭巾は笑いだした。

「私だよ。翔啓」

ぱっと頭巾がはずされ、あらわれたのは知った顔だった。

「皇太子殿下！」

「びっくりした？」

「なにをなさっているのですか。馬車が襲われたかと思いました」

「待ちきれなくて、翔啓を迎えにきたんだよ。驚いた？」

いたずらにつきあわされただけか。ほっとしたのも束の間「はやく！」と智玄は翔啓の手を取った。

「皇太子殿下、こんなことをなさって怒られるのは俺なのですが……ああ、わかりました。降りますって。引っ張らないで」

走る皇太子が転ばないかと、側近たちは目を白黒させている。

大丈夫。転びそうになったら俺が守るから安心してくれ。

彼らに向かって目配せをし、変な連帯感を持ってしまう翔啓だった。

「翔啓は酒を飲むのか？　用意させたから、ゆっくりしていって」

「殿下とお話をするというのに、ひとりで酒を飲みませんよ」

「どうして？」

「殿下がお酒をたしなむようになったら、ご一緒いたしますよ」

酔っぱらって皇太子の相手をしていたら、側近たちに白い目で見られるに違いない。きっと智玄はあれやこれやと無理をいって酒の席を用意させたに違いなかった。貴人でも要人でもなんでもないのに、皇太子にもてなしを受けるなどもってのほかだ。

「なんだ。つまらないじゃないか。豚肉を甘辛く煮たやつとか、人参と大根の酢の物とか用意したんだぞ？　ぜーんぶ私の好物だ！」

「そうですか……」

「嬉しくないか？　翔啓は甘いもののほうがよかったかな」

自分の好物を用意したというところが無邪気である。優しくて気遣いのできる皇太子だ。

「殿下のお心遣い、ありがたくいただきます。あ、そうだ。殿下のために胡桃の菓子などを買ってきたのですよ」

「本当か！」

「食べすぎないようにしましょうね。あと、毒見は俺がいたしますからご安心を」

といっても毒見係はなにがなんでも仕事をするのだろうけれど。

前回、表向きは初対面のときに入った部屋にまた通された。長方形の卓は相変わらず大きいが、話をするためにこのようにしてくれたのだろう。卓の上には智玄の言うとおり、いろんな料理が並んでいた。ひとりじゃ食べきれない。

宮女に「菓子です。ご確認を」と土産を渡していると「はやく、はやく」と智玄に急かされるので着席した。

「このために今日はもう予定を入れていないから、ゆっくりしていけ」

「ありがとうございます」

こんなに喜んでもらえると遠くから来た甲斐がある。本当に酒を飲みたくなってきてしまった。飲まないけど。

「少しふたりで過ごしたい。皆さがれ」

智玄は人払いをした。

「殿下、お腹の調子はいかがです？」

「うん。大丈夫だよ。冷えないようにしているし、薬もきちんと飲んでいる」

「そうですか。安心しました」

「父上にも褒められるよ。あんな苦い薬をちゃんと飲むのは偉いなって」

「陛下も苦い薬は苦手なのですね」

　当たり前だよねと智玄は歯を見せた。翔啓と静羽がきっかけではあるのだろうが、もともと、にこにことよく笑う少年なのだろう。

「殿下、さきほど城門で楽器を持った女子や派手ななりの青年たちを見かけました。あれは？」

「ああ、あれは都の劇団や楽団だ」

「洋陸から呼び寄せたのですか？」

「そうだ。今日は後宮で秋祭りがあるんだ。秋の味覚と酒を用意して、都の劇団や楽団を呼んで演奏や芝居を楽しんだりする。花火もあがる」

　なるほど。それなら彼らは役者や楽師や踊り子だったということか。花火まであがるなんてさすが悠永城の後宮。

「では今夜は花火を見られますね。宴には殿下は参加されないのですか？」

「昨年までは母上の隣に大人しく座っていたけれどね。歌とか芝居とかに興味はないから、今年はお断りをしたんだ」

心底興味なさげに智玄は口を尖らせた。子供向けならばいざ知らず、退屈なのかもしれない。

「そうでしたか。流彩谷の麓の街にも、移動式の芝居小屋がたまにできますよ」

「翔啓はそこへ行ったことがあるの？」

「ええ。あれはあれで楽しいです。宮廷で披露する演目ではなく、大衆向けなのでしょうけれど」

そんなもんかなぁと智玄は頰杖(ほおづえ)をついている。

「ところで、翔啓。静羽のことなんだけれどね」

「静羽ですか。元気でやってますかね。そう簡単に会えないですけれど」

だからこそ会いたさも募るというわけだが、私はきみに会いたくはない、とか睨まれそうだ。

「私も気になるし、簡単に会えるようにすればいいのではと、それとなく聞いたんだ」

智玄が得意気に話すので、翔啓はすこし背筋が冷えた。静羽に簡単に会えるようにする？　そんなことがどうやったらできるのか？

「……聞いたって、誰にですか？」

なんだか嫌な予感がし、言葉を続けようとしたときだった。

「殿下」

風が揺らした風鈴のような声が響いた。振り向くと、数人のお付きを従えて目の覚めるような藍色の衣を身に着けた女子が部屋に入って来た。艶のある黒髪は上品に結いあげ黄金の鳳凰（ほうおう）を象ったかんざしを、柔らかそうな耳たぶには翡翠の耳飾りが揺れている。いくら翔啓でも彼女の正体がなんであるかわかる。すぐに、失礼のないよう丁寧に礼をした。

「母上！　どうしてここへ？」

「殿下が友を呼び寄せて、もてなしていると聞いて」

すっと手を挙げると、ついてきた宮女たちがさがっていき、部屋に三人だけになった。

「心の優しい子ですこと」

褒められて嬉しいのか、智玄は緊張の中にも嬉しさを滲ませている。

「沁翔啓です。皇后陛下、ご機嫌麗しく」

「陛下と皇太子殿下への薬はいつも感謝していますよ。……楽にして」

智玄は椅子から降りて、皇后のもとへ駆けていった。

「母上、私になにか御用でしたか？　今日は夕刻から後宮で宴でしょう？　準備で忙しいのでは」

「準備はほかの妃たちに任せてありますから。戻ったら私も支度をします。その前に殿下にお伝えすることがあって」

皇后がこちらをちらりと見た。翔啓は手を合わせ「席を外します」とその場を辞そうと一歩踏み出した。

「その必要はありません。ご友人も一緒に聞いてくださる？」

意外にもひき止められてしまった。城内の者でもないのに聞いてもいい話なんてあるのだろうか。

「殿下。先日母に申したこと、覚えていますか？　私の側近に会ってみたいと」

背筋が冷たくなった。智玄はそんなことを皇后に頼んだのか。

「覚えています。城内の者のあいだでも時折噂になっていましたから。とはいえ後宮の女子で母上の側近ですから、母上に許可なく会うわけにもいかず」

「なにをしたいのでしたっけ？」

「武術を習いたい！　だって母上の警護をずっとしている人なのでしょう」

無邪気とは時に恐ろしい。翔啓は目眩がした。これが「静羽を呼ぶんだ」と言っていたことなのか。芋づる式で翔啓が後宮に忍び込んだことがばれたら、宮廷料理を味わうどころか地下牢へ直行だ。

「残念だけれど、それは叶えられないわ」

「えっ、どうしてですか？」

どうしてもこうしてもないだろう。いくらなんでもこれは皇后の怒りを買う。智玄ではなくて静羽が。翔啓は小さくため息をついた。

「静羽は死んだわ」

死んだ。その言葉を理解するのは容易ではなかった。どくどくと心臓が早鐘を打つ。

静羽が、死んだ？

「は、母上！　どうして死んだのですか」

智玄の言葉の続きはきっとこうだろう。このあいだまで元気だったじゃないか、と。翔啓も同じ気持ちだった。

死んだ？　本当に？　皇后へ問いたいが、それはしてはいけないことだった。

「な、なんで。どうして？　本当に死んだの？」

「会ったこともないのだからそんなに驚くこともないでしょう？　殿下」

「そ、そうだけれど！　でも、なぜ死んだの？　いつ？」

「殿下、落ち着いてよく聞いて。五日前の朝のことだったわ。部屋でこと切れていたのよ。食事に毒を盛られたようでね」

思わず顔をあげたら皇后と視線が合ってしまった。彼女は目を細める。

「沁の若君は静羽をご存じなのかしら？」

「いいえ……まさか。後宮の女子に知り合いはいません」

首を横に振った。翔啓の様子を窺っているようで、皇后はじっとこちらを見て動かない。

「ただ、皇后の剣という存在は伝え聞いたことが」

「まぁ。静羽は有名人なのね」

なにかもっと説明をしたほうがいいのか？　今日呼ばれたこと？　いや、余計なことは言わないほうがいい。そこで、もしや皇后はなにもかもを知っているのではないかと、そんな疑念が生まれた。

静羽の死因が毒。とても信じられなかった。智玄の様子を窺うと顔を真っ青にしている。

翔啓は皇后の様子に違和感を覚えた。側近が毒殺されたのに取り乱しもせず、涙も見せずに息子へ「死んだわ」と平然と伝えに来る。腹の奥に小さく怒りがくすぶった。

「皇后の剣、後宮の鬼とも噂され、正体を知る者も少ないだろう静羽が毒殺されたとなると……」

そこまで言うと、皇后が剣の切っ先のような視線を翔啓へ向けてきた。かまわず続ける。

「犯人が限られてきますね」

「勝手な憶測で犯人捜しなどしないことですよ、沁氏の若君」

「許可なくお声をかけてしまいました。お許しを。長年仕えてきた側近を亡くされ、皇后陛下がさぞ紅涙に沈まれているのではないかと」

「慰めの言葉をありがとう。犯人がわかってもあの子が戻るわけではありません。あの子は身寄りもないからそばに置いてきたの。かわいそうなことをしたわね。でも、いままでよく働いてくれました」

あの子、という呼び方が気持ち悪い。

しかし、ずいぶんとあっさりとしたものだ。主従関係の濃さなんてそれぞれだから、皇后の反応をおかしいと思うのは間違っている。でも、翔啓は受け入れがたかった。

静羽に毒を盛ったのは皇后なのではないか。そもそも静羽と接触ができる者はきっと限られているはず。智玄と会ったことが皇后に知られ、怒りを買ったのかもしれない。もしくはなにかの理由で邪魔になり、消されたのではないか？

皇后は静羽が何者なのか知らないわけがないからだ。男と知りながら仮面をかぶせ、女子として静羽を後宮に閉じ込めているのは皇后だ。

「もう火葬も済ませました。浄楽堂で安らかに眠っているわ。だからもう静羽のことは忘れなさい」

「そんな……では弔い(とむらい)だけでもさせてください」

「殿下。立場をわきまえて。たかが女子ひとりです。それに、武術の稽古ならば陛下に人選を」

たかがとはなんだ。腹が立って奥歯をかみしめた。葬いという言葉で、静羽の死が急に現実味を帯びてくる。

「わ……私のせいですか？」

智玄が呟いた。

「あら。なにを言うのでしょう。父上の後宮はあなたに無関係ですよ」

「私が会いたいと言ったからですか？　誰かそれをよく思わなくて……だから殺されたのですか？」

智玄は目に涙を浮かべて、皇后を真っ直ぐ見つめている。翔啓には「殺したのですか？」と聞こえる。

「静羽は私の側近です。表には出なかったけれど、敵はたくさんいたのでしょう」

「ですが！」

「殿下、いいこと？　後宮でのことにあなたが心を痛める必要はありません。忘れなさい」

「母上、私は！」

「母はそれを伝えにきただけです。静羽も殿下にそんなに気にかけてもらって、黄泉で喜んでいることでしょう」

人の死を伝えるのになぜそんなに美しく微笑むのだ。おぞましくて気分が悪くなる。

唇を震わせていまにも泣きそうにしていた智玄がよろめいたので、翔啓は隣から支えてやった。

「殿下、顔色が悪いわ。お部屋に戻って少し休んだら？　母がつき添います」

「いいえ……大丈夫です。母上はお帰りください」

立っていられなくて椅子に腰をおろした智玄は、手で顔を覆った。泣いているのだろうか。

この様子では話もできない。翔啓は立ちあがって皇后と智玄に向き直った。

「殿下、無理をなさってはいけません。どうかあまりお心を痛めませんように……俺は帰ります」

そう智玄に声をかけると、彼は縋るような目を翔啓に向けた。

「ま、待って翔啓」

「また、日を改めてお呼びいただけるのなら、すぐに馳せ参じます」

本当は翔啓自身も城を去りたくない。静羽のことがまだ信じられないのもあるし、智玄をひとりにしたくなかった。

とはいえ、このままここに滞在することは無理なのだろう。失礼します、と部屋を出ようとしたとき、駆けてきた智玄に手をつかまれた。

「殿下」

「帰るな。これは私の命令である」

立場上そのように言っているが、帰らないでほしいと顔に書いてある。智玄は目に涙をいっぱいためている。そんな智玄へ皇后が歩み寄ってきて、肩をさすった。

「殿下。若君はお帰りですよ。ご迷惑でしょう」

「私は話をするために翔啓を呼んだのです。帰られては困る」

「わがままはよくありませんよ、殿下。それとも、静羽のことでへそを曲げたのですか？」

「静羽のことは無関係です！」

智玄は顔をあげ、皇后の手を払った。息子の態度に驚いた皇后は、払われた手をさすっている。

「静羽のことは……死んだのなら仕方ありません。私は翔啓と大切な話をしたいのです。母上には関係ありません。ご遠慮ください」

逆らうのか、とでも言いたげに目を見開いた皇后。その視線を真っ直ぐに受け止める智玄。

「ふたりにしてください。母上」

皇帝である父が病弱で、皇后である母親に逆らえない皇太子という関係が揺らいだように見えた。

「母が邪魔と申すか」

智玄は返事をしない。翔啓の手を握ってうつむいている。

静かに部屋から去っていった皇后の残り香。それが薄れていくにつれて、部屋に漂っていた緊張の小さな針が溶けてなくなっていく。

「殿下、大丈夫ですか？　座って茶を飲みましょう」

かなり衝撃を受けている様子で、無理もなかった。翔啓は智玄を座らせると、背中をさすってやった。

「大丈夫だ。具合が悪いわけではない」

「お顔の色が悪いです。本当に無理をなさってはいけませんよ」

「驚いてしまっただけだ……」

十歳の純粋で柔らかな心に、つい先日できた友の死は重大な傷になっただろう。翔啓だって苦しいのは同じだから、智玄の気持ちは痛いほどにわかる。帰りが夜になろうが明朝になろうが、智玄のことをこのまま放ってはおけない。彼の気が済むまでこうしてそばにいようとは思っているが、落ち着いたら休ませてやらなければ。

誰かを呼ぼうとしたときだった。「翔啓」と智玄に呼ばれる。

「ねぇ、静羽に会いにいこうよ」

なにを言うのかと思ったら。翔啓は呆気にとられる。

「ですが殿下、静羽は……」

「母上が言っていた浄楽堂とは後宮内で亡くなった女子を弔う場所だ。そこへ行き、静羽の名が刻まれていることを確認したい」

「殿下、無茶を言わないでください。皇后陛下が後宮へ戻られたばかりですよ？」

しかも追い返すようにして、だ。

「そうだな。しかも今年は自ら宴への欠席の申し入れをしているし、いまからそちらへ行ってもいいですか、なんて、もしかして静羽のことを調べたいのかと母上に怪しまれるだけだ」

「でしょうね」

智玄は人差し指を立てて、翔啓の目の前に突き出した。

「翔啓。どうやったら母上に見つからないように後宮へいけるかを、考えよ」

翔啓は頭を抱える。智玄は「私も考える」と腕組みをして唸っている。

「いやいやいや！　冗談ですよね？」

「冗談じゃない。私は真剣そのもの！　この目を見て！」

皇后に似て美しい顔立ちの智玄。その丸っこい曇りのない眼はたしかに真剣そのものだった。翔啓はがっくりとうな垂れる。

「皇太子殿下を連れて後宮に忍び込むなんて、どうして俺がそんなことをしないといけないのだろう」

わからない。なぜだ。二度壁の向こうへ行けたのもただの偶然だ。

「静羽が死んだなんて、私は信じない。十年のあいだ一度も会わなかったんだよ？　だったら生きているのかも」

「で、ですが……」

「翔啓は静羽に会いたくないの？」

会いたい。死んだなんてにわかには信じられないし、本当に死んだのならこの目で確かめたいとも思う。浄楽堂とやらに行けばなにかわかるのかもしれない。

「会いたいです。静羽は俺の友です。たとえ死んでいたとしても……祈りだけでも捧(ささ)げたい」

じゃあ行こうよ、と智玄は言う。

「だから、そう簡単な話ではありませんよね……」

「そこを考えるんだろう！」

「殿下がいちばん後宮へ入る許可を得やすいのですが！」

「私の後宮じゃないからね。私が将来皇帝になったら、翔啓も気軽に出入りできる後宮を編成するから。そのときは連絡するね」

「……気軽に出入りできる後宮ってなんだ……」

どうやって後宮へ入る？　静羽みたいに女装をして、下働きをしたいと願い出る？　はいどうぞといくわけがない。男の姿だったら宦官にでもならない限り、まず無理。運よく忍び込んだとして、きちんと戻ってくることができるか不安だ。もう静羽はいないかもしれない。あちらへ行くと、必ず静羽が壁のこちら側へ戻してくれていたのだ。後宮の高い壁は迷路のようになっている。ただ、そう簡単に壁の中へは入れない。後宮のあの高い壁へ通じる隠し通路だって、静羽が一緒じゃなければそう簡単に見つけられない。いままで彼がいたから翔啓は無事だったのだから。

「翔啓は忍び込むのが得意そうだよ」

「人聞きが悪いです。殿下は抜け出すのが得意でしょう？」

「……うるさいぞ」

「俺、見つかったら絶対に殺されてしまうでしょうねぇ……殿下はいいですが」

ぶつぶつと文句を言ったら、智玄が悲しそうに唇を嚙んだ。連れていきたいのは山々だが、翔啓は悠永城の者ではないからそもそも自由に歩きまわることができない。皇后やほかの妃の縁者でもないのだから、後宮へ入るなんて尚更無理だ。

「私は皇太子だぞ？　一緒ならそう簡単にやられはしない。大丈夫だよ」

「殿下が皇后陛下に会いに行くところに俺がくっついていくのが一番なんですけれど……正面から入れるのは殿下だけでしょうし、くっついていけるかは別として」

「母上に見つからないように行く方法を考えているんだよ？」

簡単に言ってくれるな。翔啓は死と隣り合わせだというのに、智玄の無邪気さが恐ろしくもある。でも、いざとなったら皇太子として守ってくれるのだろうか。

智玄は皇后に知られたくない。翔啓は皇太子のお付きとしても無理、いますぐ下女にも妃にもなれない。

せめて女子であるなら目くらましできたかもしれないのに。静羽みたいに顔を隠せば、ぎりぎり宮女とかに紛れていけたかも……。

「あ」

部屋にはふたりしかいないのに、翔啓は智玄に耳打ちをする。

「殿下。まずここから出ましょう。そして、城門へ向かうのです」

「城門へ？」

「はい。俺は帰ると見せかけますから、一緒にうちの馬車に乗りましょう」

「どうやって？　私が勝手に外出したら大騒ぎなのだが」

翔啓は智玄への土産を包んでいた荷物から、灰色の衣を取りだした。

「それはなんだ？　なんだか見覚えがある」

「侍医殿の制服です」

「どうしてそんなものを翔啓が持っているの？」

「前回、悠永城へ来たときに自分の衣を汚してしまって、侍医殿のお弟子さんがこれをお貸してくださったのですが、着たまま帰ってしまったんですよ。洗濯してお返ししようとしたのです」

「わかったぞ。私がこれに着替えて外に出るわけか」

そうです、と翔啓は頷く。智玄は早速、素早く侍医殿の制服に着替えた。が、智玄の体形に合わず、袖と裾が長い。

「……腰のところを折って帯で留めましょう。あと、袖はまくりましょうね」

「翔啓はこの制服を着たのだろう？」

「はい。まぁ、これは大人用ですから」

「お前は背が高いからな……私が小さいわけではないぞ、翔啓と制服が大きいのだ」

「わかっています。ちょっと大きかったですね」

「すぐに成長するんだからな！　いまに翔啓の身長を追い越してみせる」

制服が緩くて自尊心が傷ついたのだろうか。めいっぱい背伸びをする智玄が可愛くて笑ってしまう。背伸びをして翔啓の肩あたり。たしかにすこし小柄かなとは思う。智玄と歳が近い羨光が十歳のときは、翔啓の肩ぐらいまではあった。

「これでよし、と。侍医殿の制服ならばたとえ誰かに見られてもあまり疑われないと思うのです。俺が瑠璃泉を持って今日ここへ来たことは殿下の命なので」

「うん。たしかに。沁氏の若君が侍医殿の誰かと歩いているのだな、と思われる程度だろうな。弟子の中には年若い少年もいるから背格好も疑われない」

智玄は灰色の制服姿で背伸びをした。

「殿下、まずはここ、飛風殿を抜け出すのです」

「わかった。それからどうするの？」

「紛れましょう。忍び込むしかないですから」

「紛れるって……どうするの？」

「もうすぐ日が暮れます。今日、後宮でなにがありますか？」

「……あ」

察しがいい智玄は、緊張からかごくりと喉を鳴らす。その緊張は翔啓にも伝わった。

「彼らに混じって、堂々と後宮へ」

紛れて忍び込んで、紛れて出る。それしかない。

よし、と頷きお互い目配せをする。なるべく音を立てずに、部屋の奥の窓から飛風殿を抜け出した。幸い、建物の裏手に人影はなかった。警備兵がいるのは玄関のほうだけのようだ。

悠永城敷地内を智玄とともに、城門へ向かって足早に歩く。振り返ると、皇太子の住む飛風殿は夕陽に染められていた。

「無事に殿下と一緒に戻ってこないと」

「翔啓は自分のことを心配すればいい。私は城内ならどこにいても、そんなに咎められはしない。自分の身は自分で守れる」

たしかに、と思いつつも智玄の凜とした表情は、薬が苦いからと寝殿を脱走して騒ぎを起こしたときより大人びて見えた。

「なんだか殿下、急に頼もしくなりましたね」

「私はもう子供ではないからね！」

「殿下は聡明ですね」

智玄は「まあね」と鼻を鳴らした。

翔啓は自分が十歳のときはどうだっただろうかと思いをはせる。こんなにしっかり考えを持っていたのだろうか。覚えてないけれども。

智玄の歩幅に合わせて歩いた。遠くに何人か警備兵がいるが、特別こちらを警戒している様子はない。

「いた。あれがうちの馬車です」

停車中の沁氏の馬車までくると、御者が馬に毛払いをかけてやっていた。翔啓の姿を認めると、笑顔で出迎えてくれた。

「若様。もうお戻りなのですか？」

いや、と否定をして御者に耳打ちをする。

「頼みがある。城門手前に幌馬車が並んでいただろう？　この人と一緒に乗るから、その前までいってくれるか？」

「あの劇団の幌馬車ですか？　……というか、このお方は」

御者は灰色の制服を着た少年を前に、目を丸くしている。皇太子だと気づいているようだ。

「俺の友人。踊り子を近くで見たいんだって」

そんなこと言ってないだろうと智玄は翔啓の腕を突いた。

「承知いたしました。すぐ出せます。どこで降ろせばよろしいので?」

「俺たちは勝手に降りるから、停まらずそのまま外に出て待機していてくれ」

「え? 城外でですか?」

「大丈夫、夜には戻ってくる」

青翡翠がある限り、翔啓自身は城から出られる。問題は後宮からきちんと城門まで戻ってこられるかだが。紛れて入るなら紛れて出ればいいだけのことなのだけれど、そううまくいくかどうか。

「万が一夜明けまでに戻らなければ、流彩谷へ帰ってくれ」

あまり不穏なことは考えたくない。私がいれば大丈夫だという智玄の言葉を信じるとしよう。

翔啓は智玄とともに馬車へと乗り込んだ。御者の合図で馬が蹄を鳴らし、馬車が動き出した。

馬車は城門へと進んでいき、翔啓は物見窓から外をうかがった。すると、前からあの幌馬車一行がこちらへ向かってくる。翔啓は智玄へ合図する。馬車が速度を落としたのを見計らって、ふたりは馬車から飛び降りた。いちばん後ろの馬車の足場に乗ると、簾をすこしあげて中を覗いた。

「誰も乗っていないぞ、翔啓」

車両の中には誰もおらず、かわりに木箱や行李が積んである。ふたりは中へ入って簾を閉めた。

「小道具や支度道具を積んだ馬車かもしれませんね」

「見てくれ翔啓。これ」

智玄が行李のひとつを開けて中身を手に取っている。広げてみると水色の衣で、女物の丈の長い上着だった。翔啓はとっさにそれを羽織った。そして今度は隣にある木箱を開けてみた。

「こっちは張り子のお面だ……」

木箱は翔啓の両手を広げたくらい大きく、中には猿や熊のような動物や女の顔や鬼のような面が数種類入っていた。ここから演目によって使いわけているのかもしれない。

馬車ががくんと揺れて止まった。智玄が外を見て「後宮の大門だ」と呟いた。

「みんな馬車から降りていくよ」

「ということは、馬車はここに置かれるのか。我々も降りないといけませんね」

ふたりが乗る馬車の前を、役者や踊り子たちが通っていく。翔啓は咄嗟に女の面を顔に装着する。智玄は猿の面を自分でつけた。翔啓は面の入った木箱を自分の前に置いた。

「殿下、反対側を持ってください。このまま馬車を降りましょう」

ぞろぞろと歩いていく劇団と楽団の者に紛れるように、木箱を運ぶふりをしながら馬車を降りた。

「お前ら、なにやってんだ」

後ろから男に呼び止められる。ひやりとしたが「面かぶってなに遊んでやがる」と笑われた。振り向くと、よく日に焼けている髭面の中年男だった。なにが入っているのか、たくさんの袋を肩に担いでいた。彼の後ろにも数人の男女が荷物を運んでいる。

「皆さんが使うお面にちょっと傷があったんで、馬車の中で修理していたんですよ！」

翔啓は口から出まかせをいう。隣で智玄はうんうんと頷いていて、お猿の玩具のようで翔啓は思わず笑いそうになった。すんでのところで堪える。

「面に傷？　皇后陛下にお見せするんだぞ？」

「止め紐の部分も直したんでつけ具合を……うん、いい感じです」

首を振ってみたりして具合を確かめている感じを出した。

「そうか。ならよかったが」

「あと運んでおきまーす」

「ああ、頼むよ」

翔啓はまだ頷いている智玄を促して、木箱を担いでその場を離れた。長く会話をして「こんなやついたっけ？」と怪しまれては意味がない。荷物を運ぶ者たちの列のいちばん後ろにつく。

「翔啓、母上の寝殿まで行こう。場所はわかる」

「皇后陛下の？　どうしてですか？」

「だってあそこがいちばん静羽に近いだろう？　静羽の部屋へいける。浄楽堂はそのあとでもいい」

たしかにそうだ。翔啓は侍医殿の近くに転がされていたけれど、智玄は自分の足で歩いて皇后のところへ戻った。

荷物を運ぶふりをしながら、列から離れて担いでいた木箱を馬車の陰に置いて、近くの建物の裏に走る。

「ついてきて」

智玄が走り出した。

いまは後宮を出て皇太子の寝殿に住んではいるが、少し前まで後宮内で暮らしていた智玄は、さすがにどこになにがあるのか熟知していた。人目につかないように移動するのも慣れている。

途中、だだっ広い後宮のこれまた大きな庭園が見えた。木々の葉は紅葉をはじめ、それらを照らすように灯籠が並べてある。舞台が設営されていて、あそこで様々な出し物をするのだと思う。

色とりどりの衣に身を包む女子たちがいるのが見えた。楽器の音色が流れていて、時折笑い声も聞こえる。

あのなかに皇后もいるはず。

「殿下、こんなに隠れるのがうまいならどうしてあの日、壁に登ったりしたんですか……」

「うるさいよ」

あれはあれ！　と頬を膨らませてむくれている。

「宴が盛りあがっているあいだに、いこう」

ここだ、と智玄が指さしたのは、豪奢な建物だった。ここが皇后の寝殿か。入口には数人の宮女がいる。主が宴に参加しているあいだここを守っているわけだ。

「私が囮になるあいだに翔啓が中へ入れ。入ったら右に折れて、毛皮張りの衝立に隠れていてくれ」

「殿下？　囮になるだって？」

止める間もなく智玄は猿の面をつけたまま木の陰から飛び出し、寝殿の入口に走った。小猿が宮女たちの前に走り出た。皆が注目し、驚愕しているのがわかる。翔啓はこの隙にと入口に向かって走る。智玄は慌てている者たちの前で、猿の面を取った。悲鳴に似た声が聞こえる。

寝殿の中に入ることに成功し、柱の陰から様子をうかがった。智玄の言ったとおりに銀色の毛皮張りの衝立が見える。その向こうへ走り身を隠した。聞き耳を立てていると、智玄の声が聞こえてきた。

「今宵は母上と花火を見る約束をした。中で待つよ」

「そうなのですか、もうしわけありません。なにも伺っておりませんで……！」

ひとりの宮女が謝罪をしている。このまま智玄を中に入れていいものか迷っている様子だ。

「日が暮れてきて体が冷える。また腹痛を起こしたら困るから母上の部屋で待つよ」

「しょ、承知しました」

皇太子といえども、皇后の寝殿に勝手に入るのはいけないのだろうか。親子なのに。いろいろ面倒なのだなと智玄が気の毒になった。

「ひとまずは潜入成功」

あとはすぐ智玄と合流して、静羽の部屋に向かうだけだ。ひとつ深呼吸をしたその時だった。背後から何者かに口を塞がれ「静かに」と耳元で囁かれる。

「声を出さないで。私だ」

この声は……！

後ろを振り向きたいが、がっしりと腰を抱えられていて動けない。そのまま引きずられるようにして、寝殿の奥へ連れていかれる。

かすかに鼻腔（びこう）をくすぐる香は嗅いだことのあるもの。

どこをどう通ったかわからないうちに、いつの間にか寝殿の外に出されていた。

苦労をしてせっかく潜入したというのに。

口を塞いでいた手がどけられ、体も自由になる。そっと振り向くと、そこには銀仮面をつけ黒髪をひとつに束ねた黒衣の人物が立っている。

「殿下を置いてきてしまった」

「涼花に任せたから大丈夫だ」

「涼花？　誰だ、それ」

「皇后の宮女頭で信頼できる人だ。さっき入口で殿下が話をしていた女子だ。彼女ならうまく殿下を後宮から帰すことができる」

「ここで皇后の他にあんたのことを知っている人がいるのか？」

「いる。しかしまたこんな危険なことをして……きみたちがこそこそと走りまわっていたことはわかっていた」

皇后の剣の目は欺けないか。うまくいったと思ったんだが。

「静羽以外には見つかっていないだろう？」

「見つかっていたらきみはいまごろ死体だ」

どん、どどん、と打ちあげ花火の音がした。

「どうして再びここへ来た？　来るなといったのに。城外へ案内するからいますぐ立ち去るんだ」

半信半疑だったものの、こうして姿を確認できたら泣きたくなるような安心感でいっぱいになる。翔啓は静羽の腕をつかんだ。

「死んだって、聞かされたんだ」

翔啓がそばに寄っても静羽は身動きひとつしなかった。仮面に手を伸ばしても黙って翔啓を受け入れている。仮面の紐を解くと美しい青年があらわれる。赤味のある瞳の色も変わりない。

翔啓は彼の体を思わず抱きしめていた。

「殿下も心配して、だから会いに行こうって」

「ばかな。いくら皇太子殿下の願いでも、きみが止めないでどうする?」

「俺も会いたかったからだ」

「短絡で子供っぽい考えだ」

「静羽、よかった。生きていた……死んでない。こうして体があるしあったかいから幽霊じゃないんだな」

「わざわざ確認をしにきたわけか」

「信じられなかったんだよ」

抱擁を解いて、肩や腕に怪我などしていないかも確認をする。

「なにをしているんだ。花火が終われば皇后が戻ってくるんだぞ？　見つかったら今度こそ助けられない」

どん、と打ちあげ花火の音が聞こえ、赤い光が空を照らした。

「なにをって、だから静羽が」

「私のことはどうでもいい！」

急に声を荒げる静羽の目に、光るものがあった。

「忘れてくれ、翔啓。私が死んだというのは正しい」

「なに言ってるんだ？　死んでないじゃないか」

「私は亡霊だからだ」

「……それを、殿下にもいうのか？　友人になるって約束したのに」

智玄のことにも静羽は答えない。もう翔啓たちのことなどどうでもいいのだろうか。

「皇太子殿下の手前、取り繕っただけなんだろうな。でも、子供に気を持たせるようなことをいうな。守れない約束もするなよ、かわいそうだろう」

「きみに関係ないだろう？」

翔啓と静羽の出会いは偶然だった。それでも秘密を共有し短くても同じ時間を過ごして友人になったと思っていたのに、どうしてこうも突き放すのだろう。

「寂しがるだろうが」

そう言ってから、翔啓は自分が寂しいと、静羽に振り向いてほしいと思っていることに気づく。

智玄のことを引き合いに出して、寂しさを伝えようとしている。恥ずかしいと思ったけれど止められなかった。

「殿下が、自分のせいで静羽が殺されたんじゃないかと胸を痛めている。せめて浄楽堂に名が刻まれているかだけでも確認したいと。でも、あんたが生きていると知れば喜ぶ」

「必要ない。死んでいたことにしろ」

「どうしてそんなことを。言えるわけがないだろう？」

「はぐれているあいだに確認したが、私の名はなかったと言え」

「静羽！」

「……いまは皆が宴のほうにいっているから、このあたりは手薄だ。城門の近くへ案内するから、一緒にこい」

「ちょっと、静羽」

「悠永城側へ通じる扉からきみを逃がす。いいか、手を放すな」

行くぞ、と静羽に手を引かれる。

されるがままに静羽に連れられ、鬱蒼と木々が生い茂る場所に入った。手入れが行き届いておらず、まるで森の中にいるようだった。

「ここの壁にからくり扉があって、悠永城の城門近くへ抜けられる」

「待って、静羽」

「すぐに出ていくんだ。言うことを聞いて流彩谷へ帰れ」

「わかってるけど。でも」

「何度もいわせるな。もう守ってやれない」

「……あんたは一緒にこれないのか？」

翔啓の言葉に、静羽は首を横に振る。

「俺と一緒にこないか？」

このまま彼を連れて後宮を出られるのなら、そうしたい。置いてはいけない。焦りにも似た思いが胸の奥を叩いている。

「戯言を……」

「本気だ。あんたを屋敷に匿って、あとはどうにでもなる」

そう言うと、静羽の目が細められる。

なにを笑っているのか。無理だからと諦めているからか？

「隠し通路も秘密の扉も知っているのに、あんたは後宮から出ようとしない。どうせ聞いたって理由は言わないんだろう？　手段はあるのに逃げようとしない」

静羽は微笑みをやめ、また黙って首を振った。

「もう二度と私に会いに来るな。きみのやっていることは危険すぎる」

たしかにそうだ。最初は興味本位だったけれど、放っておけないと思うようになった。どうしてこんな生き方を選んだのか。

「皇后を殺してでも逃げられるはずなのに」

「翔啓……口を慎め」

「十年だぞ？　十年そばにいた側近が死んだことを慈悲のひとつもなく冷酷に伝えたんだぞ？　そんなの主じゃない」

「やめろ」

いいから帰れ、と静羽は取り合わない。

「こっち見ろってば！　あんたの帰る場所はここか？　違うんだろ？」

「私の帰る場所はここだ。ほかにはない。きみには理解できないだろうし、心配も無用だ」

「静羽！」

どうしてそんな風に突き放すのか。友として身を案じることさえ許されないのか。

「……俺、灯氏のことを調べたんだ」

歩みを止めた静羽が、翔啓を振り返る。

「屋敷に灯宋静という人からの文があったんだ。静羽、嵐静という名を知っているか？」

繋いだ彼の指に微かに力が入ったのを感じる。

なにかを知っている？

どん、と花火があがった。その明るさが仮面をつけていない静羽の横顔を照らし出す。どん、どん。花火は何発も夜空に咲き、散り乱れ、赤い瞳に光を散らす。

私が連れていってあげるから。

誰かの声が頭の奥に響いた。

花火を見あげた。瞬きをするとその隙間に火花が散る。

こうして手を繋いで、俺は誰かと花火を見た。

「なん……か、以前こんなことがあったような」

チリッと頭に痛みが走る。またか、あの頭痛が襲ってくるのだろうかと不安になった。記憶なのか定かでなく、輪郭さえつかめていないものを考えようとすると、阻むかのように体中が苦しくなる。

「……っ、また来やがった」

胸をおさえて深呼吸を繰り返していると、静羽が小さく叫んだ。

「翔啓……！　それはどうしたんだ」

「なに」

指を指された胸を見ると、羽織っていた水色の衣に血の染みが広がっていた。

「まただ。どうして……いままでこんな風になったことはないのに」

右胸をおさえて膝をつく。現実に痛みがあるわけではないのに、奥のほうが絞られるように苦しい。自分の体も心も制御できなくてどうしようもない。

落ち着こうと再び深呼吸をしていたら、血の滲む衣の上から翔啓の胸を手でおさえながら、明らかに静羽が取り乱している。こんな姿を見たのははじめてだ。

胸に当てられている静羽の手が震えている。

「翔啓、翔啓！」

「静羽？　落ち着いて。大丈夫だから」

「どうしたらいい、血が……」

「平気だ。ちょっとなんか俺の体、最近おかしくて」

翔啓は血に汚れた上着を脱ぐ。劇団の衣装だから捨てていったってかまわない。

「大丈夫なんだ。ほら、もう血は止まったから……おかしいだろ。怪我なんかしていないのにこうなるんだ」

血だらけになってしまった手を静羽に見せたが、彼も手を血まみれにしていた。

「驚いた？　なんかおかしな体になっちゃってさ。汚れたな、あとで手を洗えよ」

「まさか、胸の傷が治っていないのか？」

「いや、古傷だ。もうずっと昔のことで俺は覚えていないんだが、たぶん赤子の頃につけた傷……なのだろうって……」

待て。いまなんと言った？

翔啓は言葉を切って静羽を見る。赤い瞳は涙まで流し、あんなに冷静な皇后の剣が表情を崩して取り乱している。

じっと彼を窺っていると、表情が変わり、取り繕うように乱暴に涙を拭った。

「静羽。どうして俺の胸に傷があることを知っている？　なぜ泣いている？」

静羽は震える指で、泣き顔を隠した。彼はなにを知っているのだろう。

「わ……私は」

「あんたに会ってからだ、俺の体がおかしいの。奇妙な夢を見た。夢に出てくる少年の瞳は、静羽、あんたに似ていて」

抜け落ちた子供の頃の思い出も、思い出そうとすると襲ってくる頭痛も息苦しさも、夢の少年も。なにもかも静羽と出会ってからだ。

「あんた……誰なんだ。なにを知っている？」

翔啓は立ちあがる。正面から静羽と名乗る青年の瞳をじっと見つめて、見覚えがないか、自分の記憶の中にひとかけらでも、この顔、この赤い瞳が存在しないかをかき集めようとした。

その頬に触れてみても指先はなにも覚えておらず、なにも教えてはくれない。

「俺のなんなの？」

どん、どん。また花火が打ちあがる。

静羽の唇が動いたが、花火の音でよく聞こえない。

「なに？　よく聞こえないよ！」

彼の唇が言葉を紡いでいるけれど、声が聞こえない。

「もっと大きな声で言え！　花火の音で聞こえないんだ！」

胸倉をつかんで揺する。すると、静羽はかすかに微笑んだ。音がやんだ隙に、声が聞こえた。

「手紙の主は……私の父だ」

すっと背中が冷たくなる。静羽が翔啓の体を壁に押しつけたからだ。

「私は、新しい名に友の文字を貰った。名も姿も偽り魂は鬼となっても、心は青空を翔るために」

「……友の名？」

「私がここにいるかぎり、私の唯一の友は健やかでいられる」

「唯一の友？　誰のことなの？」

なにか答えてくれ。問いかけているのに、静羽はただひとつ頷いただけ。

「生きていてよかった」

あえてよかった。

そう唇が動いた。声は花火の音で耳に届かない。

唸り声をあげながら、静羽は翔啓の体を力いっぱい壁に押しつけた。すると壁は回転して、翔啓の体を飲み込んだ。

「静羽！」

一瞬目の前が真っ暗になり、次の瞬間、まるで壁から吐き出されるようにして地面に投げ出された。受身を取り損ねて背中をしこたま打ったが、幸い怪我はないようだ。

静羽の言うように、後宮の壁を悠永城側に抜けたのだ。吐き出された城壁を調べて押しても叩いても、どうにも動かない。

それでも拳で壁を叩いた。この向こうに彼がまだいるに違いない。

「静羽！」

声は、きっと届かない。

「嵐静……」

手紙の主は父だと言った。ということは、静羽が宋静の一人息子、嵐静だ。

灯氏の生き残りが嵐静で、彼は名と姿を変え、後宮で皇后に仕えている。

どうしてか涙が出てしまう。

嵐静なんて名は知らないのに、誰かもわからないのに、胸に広がるのは懐かしさだ。それがどこから来ているのかもわからない。

また助けられた。

彼はなぜこんな生き方をしている？　どうして翔啓をあんな目で見る？　なぜこ

の右胸の傷を知っている？

うまく働かない頭に考えを巡らせながら、翔啓は歩いた。

翔啓は血と埃だらけで汚れている己を見て苦笑する。

途中、怪しまれて警備兵に呼び止められても無視をした。煩わしかった。もしも通報されてつかまったとしても、もしかしたらあの彼が助けてくれるのではないかとすら思ってしまう。

城門まで来て、青翡翠を提示してようやく城外へ出る。

「若様！」

「待たせた。ごめん、すぐに出てくれないか」

手を血で汚し、埃だらけになっている翔啓を見て御者は動揺していたが、なんとか宥めて早々に流彩谷へ戻るために馬車を出発させた。

馬車の物見窓を開けて、夜空を背にした悠永城の城壁を見あげる。

嵐静を助けられないのだろうか。

彼には帰る場所があるはずだ。居場所があるはずだ。あんな壁に囲まれた園の暗闇じゃなくて、普通の青年として自由に生きられるはずなのに。

どん、どん。まだ花火はあがり続けている。あがっては火の花弁を散らし、そして暗闇に消えていく。

華やかに見える悠永国の後宮。あのなかには孤独な友がいる。

翔啓は、さっきまで嵐静と繋いでいた手のひらを見つめた。

城壁に等間隔で設けられた黄色の悠永旗がはためく。散らばった火の花弁が照らす城壁の旗、そのなかのひとつに目が留まる。

花火を背に人影が浮かびあがる。長い髪が風に揺れていた。

本書は書き下ろしです。

本作品はフィクションです。実在の個人、団体とは一切関係ありません。（編集部）

実業之日本社文庫 あ 26 2

後宮の炎王

2022年12月15日　初版第1刷発行

著　者　蒼山螢

発行者　岩野裕一
発行所　株式会社実業之日本社
〒107-0062　東京都港区南青山 5-4-30
emergence aoyama complex 3F
電話［編集］03(6809)0473［販売］03(6809)0495
ホームページ　https://www.j-n.co.jp/

ＤＴＰ　ラッシュ
印刷所　大日本印刷株式会社
製本所　大日本印刷株式会社

フォーマットデザイン　鈴木正道（Suzuki Design）

ISBN978-4-408-55771-7（第二文芸）